Le Guide du Jeune Engagé

pour la planète

Par Johan Reboul
Illustré par Ihab Bourara

FLEURUS

SOMMAIRE

À NOTER !

Pour faciliter la lecture, le choix a été fait de ne pas utiliser la grammaire inclusive. Mais mon livre s'adresse à tout le monde ! Ainsi, qui que tu sois, si l'avenir de la planète t'intéresse et si tu te sens l'âme d'un – ou d'une, donc ! – jeune engagé, ce livre est pour toi !

Tous les mots suivis d'un astérisque (*) sont expliqués page 139 de ton livre !

À NOUS LA JEUNESSE !

N'as-tu pas l'impression parfois d'être né dans un monde qui ne te correspond pas ? C'est peut-être que tu es venu au monde pour en créer un nouveau ! Voilà une idée qui fait sens chez beaucoup de jeunes de notre génération. La génération sacrifiée pour certains, mais la génération miracle pour d'autres. La génération qui peut et doit faire la différence pour montrer l'urgence, après des décennies d'ignorance et d'indifférence.

TU AS LE POUVOIR DE CHANGER LES CHOSES.

Dans un monde où l'ère numérique permet à tous de devenir communicant, d'avoir un accès incroyable à l'information, nous avons un pouvoir. Celui d'être acteur. Acteur d'une société plus juste, plus équitable et plus écologique. La passivité de la précédente génération laisse place au courage de la nouvelle. Je place ma confiance en une jeunesse qui, au-delà du divertissement proposé par notre société de consommation, prend conscience de se lever contre l'ordre établi, pour imposer un nouvel ordre du jour à l'agenda de tous nos gouvernements : celui d'agir pour une société plus saine qui protège nos terres et nos vivants.

Ensemble, unis, nous sommes le changement.

Levent Acar,
Cofondateur de i-Boycott

INTRODUCTION

Que veut dire s'engager ? Souvent, quand on pense à l'engagement, on pense à des individus qui ont dédié leur vie à une cause, des chercheurs, des bénévoles d'association ou encore des personnalités comme Nicolas Hulot. Le rôle de « défenseur de la planète » évoque une image qui semble bien loin d'un individu comme toi et moi. Comme si protéger la planète relevait d'un pouvoir que seuls les héros ou héroïnes posséderaient.

Mais cela ne correspond pas à la réalité. L'engagement pour la planète se retrouve à toutes les échelles de la société, jusqu'à devenir une habitude pour certains. Il faut ainsi insister sur le fait que protéger la planète ne devrait pas être un métier, mais bien une valeur ancrée en chacun de nous, qui motiverait nos actions au quotidien et nos choix de carrière plus tard. C'est un sujet qui nous concerne tous.

Hélas, si tu allumes la télévision à cet instant, il y a peu de chances que tu puisses l'éteindre avec le sourire aux lèvres. Nous le savons : la planète meurt à petit feu. La dernière étude du GIEC* interpellant la communauté internationale a montré l'urgence de changer nos modes de vie si nous voulons offrir un avenir aux futures générations. Pourtant, une majorité d'individus ne voient toujours pas le potentiel que nous avons pour créer ce changement. S'il est indéniable que la majorité de la population ne veut pas voir son environnement détruit, très peu se sont décidés à agir dans leur quotidien. Pourquoi ? Certains pensent qu'il est trop tard, d'autres qu'ils n'ont aucun pouvoir, d'autres encore ne savent pas comment faire. Et cela fait beaucoup de monde !

TU TE DEMANDES SANS DOUTE QUI JE SUIS

JE M'APPELLE JOHAN REBOUL

J'ai eu 21 ans en 2020 et je tente de mobiliser ma génération sur des sujets qui me tiennent à cœur. Il n'y a rien d'utopique dans cette volonté. Nous avons les clés en main pour permettre ce changement. La jeunesse a un rôle très important dans ce combat car elle sera la première impactée par les changements climatiques, mais également parce qu'elle est la première cible de la société de consommation.

Mon engagement commence par une consternation face à la déforestation en Indonésie causée par l'huile de palme, cette même huile que nous consommons à outrance dans nos produits alimentaires et dans le biodiesel. Je vois ces images de forêts rasées par les bulldozers pour planter des palmiers à huile, j'apprends que les orangs-outans pourraient disparaître d'ici à 2025, que 50 % des forêts à Bornéo, en Indonésie, ont été rasées en 50 ans. J'ai donc commencé à me révolter.

À 16 ans, je m'attelle à dénoncer les principaux utilisateurs d'huile de palme. Je lance ma première pétition contre une célèbre pâte à tartiner. L'année suivante, je vise les gâteaux préférés des Français. Plus de 400 000 signatures sont récoltées et le débat est lancé dans toute la France sur le sujet. Pourtant, l'enjeu de l'huile de palme n'est pas l'unique problème auquel la planète doit faire face. C'est pour cela qu'en 2017, je crée le Jeune Engagé, une plateforme qui vise à promouvoir l'engagement environnemental auprès de ma génération, mais également de tous ceux qui veulent faire bouger notre société.

J'ai encore beaucoup de choses à apprendre sur l'engagement écologique et je ne me considère pas comme un expert dans le domaine. Cependant, je suis un citoyen engagé. Et aujourd'hui, j'en ai assez d'entendre dire que, nous, les jeunes, nous ne pouvons pas comprendre ce qu'il se passe ou bien que nous sommes trop idéalistes. Notre génération arrive dans une impasse. Nous sommes certainement la dernière génération qui puisse agir pour sauver la planète. Nous le ferons.

Ce livre cherche à montrer combien il est simple de s'engager. Simple de dépasser le sentiment de révolte que nous ressentons lorsque nous découvrons un scandale environnemental ou social. Des vidéos choc des abattoirs aux feux de forêts en Australie, ces scandales affolent et des millions de personnes partagent la même indignation. Le problème, c'est que la plupart du temps, après les beaux messages et les appels aux dons, rien ne change. Il ne faut donc pas en rester là. Ce livre vous invite à dépasser ce stade. L'engagement commence par changer son mode de vie pour être en adéquation avec ses valeurs.

Ensuite vient le temps de s'informer pour agir et s'exprimer en connaissance de cause. Bien évidemment, l'information est primordiale pour changer de mode de vie, mais on parle ici d'aller plus loin : s'informer devient l'outil indispensable pour se forger un esprit critique et ainsi permettre un engagement clair et orienté. Car la protection de la planète est un combat très vaste. S'informer sur ce qui existe, sur les luttes en cours, sur les destructeurs de notre chère planète est absolument nécessaire pour savoir où et comment s'engager.

La dernière étape de ce processus est consacrée à l'action concrète, aux moyens d'être un Jeune Engagé pour la planète, avec la volonté de transmettre ses connaissances et sa détermination à d'autres personnes autour de soi, dans le but de créer une force collective. L'engagement, ça se partage !

Et justement, en plus de mes conseils et de mon expérience, j'ai aussi souhaité donner la parole à d'autres personnes. Car chaque individu, chaque corps de métier, propose une autre vision du problème et des solutions à mettre en place. Toutes issues d'univers différents, les personnes que j'ai rencontrées se rejoignent sur une idée : la nécessité de protéger notre environnement et de nous battre face au dérèglement climatique. Leurs témoignages, disséminés au fil du livre, mettent en valeur le besoin de faire du débat climatique un combat collectif.

CHANGER
dès aujourd'hui

« Beaucoup de petites gens qui, dans beaucoup de petits endroits, font beaucoup de petites choses, peuvent changer la face du monde. »

Proverbe africain

Affirmer que l'on souhaite protéger l'environnement, c'est bien, mais nos paroles doivent se traduire en actes. Les discours motivés ne manquent pas. Tout le monde a compris (ou presque) la nécessité de préserver nos ressources et de lutter contre le dérèglement climatique. Pourtant, même après ce constat de l'urgence, nous avons encore du mal à modifier nos modes de vie. Il est évident que des décisions politiques sont nécessaires pour

atteindre nos objectifs climatiques, mais nous ne devons pas oublier que tout commence par soi.

En modifiant notre manière de nous alimenter, de nous déplacer ou encore de nous divertir, nous pouvons changer tout un modèle économique qui n'est plus d'actualité. Nous ne pourrons pas protéger la planète si nous ne nous séparons pas de notre modèle économique consumériste.*

Revoir nos modes de consommation et donc nos modes de production est primordial.

Ce changement structurel de la société peut débuter par de petits gestes individuels. Deviens le citoyen du monde dans lequel tu veux vivre ! Je te propose sept actions concrètes qui peuvent être réalisées à la minute même où tu termineras de lire cette partie.

Adopter une alimentation VÉGÉTALISÉE

Le premier engagement, et je pense le plus signifiant aujourd'hui, est de mettre un terme à notre consommation excessive de viande et de poisson.

Ce que nous mettons dans nos assiettes tous les jours a un impact considérable sur la planète. La consommation de viande notamment est désastreuse. L'agriculture est devenue de plus en plus intensive et les animaux sont souvent élevés dans des conditions déplorables.

En France, par exemple, en 2019, 83 % des poulets grandissent sans voir la lumière du jour et 95 % des cochons vivent en caillebotis, c'est-à-dire en cages. De plus, l'augmentation de la production de viande réclame des ressources agricoles considérables.

GOURMAND COMME UN BŒUF

Pour produire 1 kilo de protéines d'origine animale, on a besoin :

De 7 900 litres d'eau

Et entre 7 et 10 kilos de céréales

Aujourd'hui, plus de 75 % des terres agricoles sont destinées au bétail, notamment pour le nourrir avec du blé et du soja. Ce sont donc plus de 75 % de terres qui ne sont pas utilisées pour nourrir directement la population humaine mondiale.

Ces mêmes cultures de soja sont responsables de 91 % de la déforestation en Amazonie. Ce sont des millions d'hectares de forêts qui sont rasés pour laisser place aux pâturages. Par ailleurs, cette destruction des forêts au bénéfice de l'agriculture participe fortement à la pollution, en dégageant d'importants taux de gaz à effet de serre*.

LES MAUVAIS ÉLÈVES

Selon l'Organisation des Nations Unies pour l'Alimentation et l'Agriculture*, dans le monde, en 2019, l'élevage émet plus de gaz à effet de serre* que le secteur des transports (14,5 % contre 14 %).

Aujourd'hui, un Français mange en moyenne 87 kilos de viande par an, soit deux fois plus que la génération de ses parents. Si la consommation des pays occidentaux stagne, les pays émergents sont en train de faire augmenter la demande.

Il faut impérativement inverser la tendance et la solution reste simple. Il faut végétaliser notre alimentation. Nous devons arrêter de penser qu'un repas est équilibré dès lors qu'il y a des protéines animales. C'est faux. Au contraire, selon l'OMS, la consommation excessive de viande rouge peut même engendrer des risques de diabète et de maladies cardio-vasculaires. Nous devons réapprendre à nous nourrir en (re)découvrant les milliers de recettes végétales.

Pour ma part, cela fait trois ans que j'ai rayé la viande et le poisson de mon alimentation. Il n'y a pas un moment où je souhaiterais revenir en arrière. Et si devenir végétarien* ou végétalien* peut sembler être un grand pas, être flexitarien*, c'est-à-dire moins consommer de viande, est accessible à tous.

DÉSINTOX

L'idée que les végétariens* participent à la déforestation en mangeant du soja est fausse. Seuls 4 % du soja mondial est consommé par des humains.

En finir avec LE PLASTIQUE

L'ennemi numéro 1 des océans est depuis quelques années sous le feu des projecteurs. En effet, le plastique est de plus en plus décrié pour ses conséquences désastreuses sur notre biodiversité*, en particulier dans nos océans.

La production de plastique comme nous la connaissons aujourd'hui débute dans les années 1950. Considéré comme une innovation révolutionnaire, le plastique se pérennise au fil des décennies pour devenir un incontournable de notre mode de vie. Aujourd'hui, bien que l'on dénonce de plus en plus la pollution de ce matériau, la production ne cesse d'augmenter, atteignant un triste record de 368 millions de tonnes en 2019. La raison : une surproduction de ce matériau qui a fait chuter son prix. Aujourd'hui, les alternatives écologiques ont du mal à rivaliser avec le prix du plastique car elles sont produites en trop faibles quantités.

Des surfeurs indignés sur les côtes polluées de Bali, des rivières enfouies sous les déchets en Inde, des plages de plastique en mer Méditerranée : de plus en plus de vidéos deviennent virales sur les réseaux sociaux dénonçant les conséquences de nos déchets sur le monde marin.

Ainsi, on a pu voir ces dernières années, une importante mobilisation citoyenne, qui passe notamment par des actions de nettoyage des plages. Ces initiatives sont essentielles car elles permettent de sensibiliser la population en la mobilisant concrètement. Cependant, « nettoyer » ne peut pas être la solution. Il est inutile de se battre sur ce qui finit en mer, si nous n'arrêtons pas ce qui est à la base de cette pollution : la production de plastique.

« Si votre bain fuyait, vous n'iriez pas chercher la serpillère immédiatement, vous commenceriez par fermer le robinet. »

The Story of Stuff Project (www.storyofstuff.org)

Depuis 2017, chaque minute, 1 million de bouteilles en plastique sont consommées. Des pailles, des gobelets, des assiettes… Si le plastique jetable a pu être une révolution dans les années 1950, aujourd'hui, il relève de l'aberration. Rien ne justifie la consommation de produits plastiques jetables si ce n'est une question de facilité, et encore, il s'agit plus de mauvaises habitudes.

La solution est simple. Il faut réduire notre dépendance au plastique. Nul besoin de te rappeler l'importance de faire une croix sur le plastique à usage unique (gobelets, pailles, Cotons-Tiges®). Mais attention aussi au suremballage de nos aliments. Manger des aliments ultra-transformés et préparés industriellement, ce n'est bon ni pour ta santé ni pour les océans, car, en plus de contenir des additifs non naturels, ils sont vendus dans des emballages inutiles.

Apprendre ou réapprendre à cuisiner, peut te faire faire des économies tout en permettant d'abandonner le plastique.

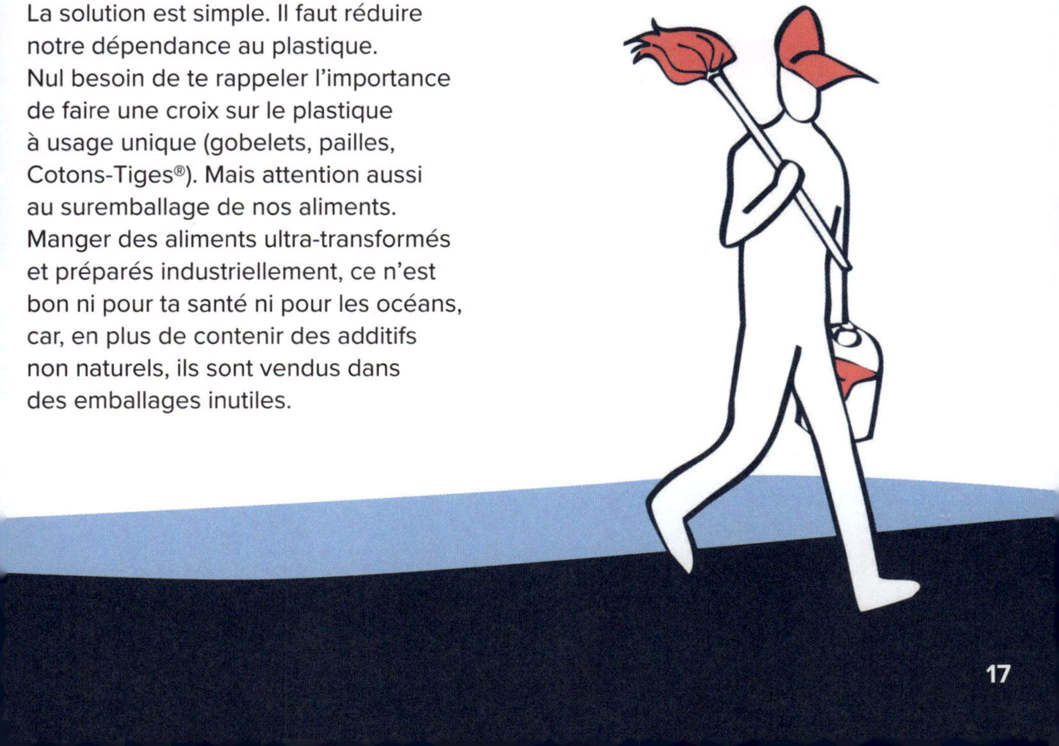

Rencontre avec Marie-France Bernard

Marie-France Bernard est un véritable exemple pour la jeunesse. Loin de la théorie et des politiques, elle a compris que, pour elle, protéger la planète passait par une action concrète sur le terrain, en faisant de sa passion pour la mer, son métier. Avec une détermination et une curiosité impressionnantes, Marie-France est passée d'une médiation scientifique sur le milieu marin au sein de l'association Océan, à la garde du littoral, puis à l'enseignement en BTS en passant par la protection des tortues en Martinique. En voulant se rapprocher toujours un peu plus de la mer, Marie-France devient marin à bord du bateau antiplastique 7e Continent et espère devenir bientôt skippeur professionnel. À travers ce parcours impressionnant, Marie-France a réussi à faire de son engagement pour l'environnement un métier.

Pourquoi travailles-tu dans le monde marin ?

J'ai toujours été attirée par la mer, ce qui est étrange d'ailleurs, car j'ai appris à nager très tard. J'ai eu peur de l'eau pendant longtemps. Ma famille n'est pas une famille de marins. Mais la mer m'a toujours plu, c'est pourquoi j'ai eu envie de travailler pour l'environnement dans le milieu marin. Toutefois, j'ai acquis tardivement mes compétences dans ce domaine, après mes trente ans.

La principale raison de ma motivation a été l'envie de prendre soin de la planète… même si je n'aime pas cette expression. Elle n'a pas de sens, car ce sont des humains que l'on prend soin quand on protège les écosystèmes, et non de la planète.

Quand j'étais petite je lisais les livres de Cousteau. Il n'avait pas des méthodes orthodoxes, mais c'était un grand aventurier. Cela m'a donné envie de connaître ce milieu pour le protéger, mais aussi pour le faire découvrir aux yeux de tous. C'était un besoin de participer aux solutions pour arrêter de lui nuire.

Comment ton métier participe-t-il à protéger l'environnement ?

L'humain a besoin de comprendre les écosystèmes qui l'entourent pour ensuite les protéger. Il est très important de connaître et d'étudier ces espaces marins. La recherche scientifique permet de saisir l'impact que nous avons sur eux et de sensibiliser les individus à ces sujets.

Au sujet de la pollution plastique, j'ai entendu parler du 7e continent en 2008, quand je faisais des animations nature, et il était alors difficile de trouver des infos sur ce continent de plastique. Au début, je croyais qu'il s'agissait d'un continent de déchets flottants sur lequel on pouvait marcher. J'ai compris en 2014, lors des expéditions, que ce n'était pas le cas. Et le cœur du problème est les microplastiques. Or, encore aujourd'hui, les médias parlent de « déchets flottants », ce qui fausse la perception, minimise les conséquences et amène à penser que l'on peut trouver des solutions miracles pour nettoyer les océans.

C'est pour cela que le boulot sur le terrain est hyper important. Tout le monde ne peut pas y aller. On devient donc les yeux du grand public mais aussi des politiques.

Quel est le rôle des scientifiques ?

La recherche scientifique est un des leviers pour saisir comment tout fonctionne. Elle participe aux phénomènes de compréhension, de mise en action de l'homme. Pour faire bouger la société, les politiques et les industriels, il faut des preuves, l'humain est comme ça !

Te considères-tu comme une lanceuse d'alerte* quand tu travailles dans la recherche ?

Oui, en quelque sorte. Mais être « lanceur d'alerte* » ne dure qu'un temps. C'est très éphémère pour moi ce mot. Une fois que les choses sont posées, il faut agir. On le voit avec le problème du plastique : cinq ans après mes débuts dans ce domaine, ça a énormément bougé. Aujourd'hui, il y a beaucoup d'actions menées contre le plastique. Après avoir lancé l'alerte, il faut sensibiliser. C'est encore plus fort, car on tente de chercher des solutions en passant par le changement des mentalités, mais aussi à travers nos politiques.

Quel a été le plus choquant dans ton métier ?

La première fois que je suis allée dans la zone d'accumulation des déchets de l'Atlantique nord. C'était en 2014, à bord du *E7C*. On s'approche de la zone qui est censée rassembler les microparticules de plastique. On arrive aux abords, c'est une super journée, grand soleil. En fait, on ne voit rien, on croise quelques gros déchets les derniers jours, mais rien de plus. Mais en m'approchant de l'eau, je m'aperçois, qu'en fait, en surface, ce sont des microparticules de plastique qui flottent. Un peu comme après le carnaval lorsqu'il y a des confettis partout dans les rues. C'est la même chose dans l'eau à plusieurs milliers de kilomètres des côtes.

Que penses-tu de l'engagement des jeunes ? Un conseil pour eux ?

C'est très important qu'ils prennent conscience qu'ils font partie d'un écosystème global et qu'ils ne scindent pas les luttes. Il faut se bouger, on fonce dans le mur, on voit que cela s'emballe, il faut qu'ils s'engagent. Ils ont un pouvoir, car c'est la prochaine génération qui va vivre sur Terre. Greta Thunberg (voir p. 82), cette jeune Suédoise, qui se bouge et supplie d'écouter les scientifiques, est un bon exemple.

Le problème de notre société capitaliste* est que l'on nous fait croire que l'on sauve la planète en triant nos déchets, en faisant du vélo. Ce sont des engagements personnels très importants, mais maintenant, il faut aller beaucoup plus loin car si tu tries tes déchets en consommant toujours autant, eh bien ça ne marchera pas, ce sont des solutions de surface.
Il faut aller vers un changement de société.
C'est le plus dur : changer son mode de consommation. Cela passe par une reconnexion avec la nature. Si j'ai un conseil pour la jeunesse, c'est celui-là : revenez vers la nature.
C'est valable pour les jeunes mais pas uniquement. Car on dit souvent : « Les jeunes, les jeunes... », mais nous (les plus vieux), on est encore en vie ! Il faut qu'on se bouge aussi.

Comment imagines-tu le monde en 2050 ?

Dans trente ans, si on ne se bouge pas et que l'on ne diminue pas nos émissions, ce ne sera pas terrible. Il faut une prise de conscience mondiale. J'espère qu'en 2050, on aura compris qu'il n'est pas utile d'inventer toujours plus de choses pour vivre mieux. Que consommer plus ne veut pas dire vivre mieux. J'imagine et j'espère un monde où l'on prendra soin des autres, un monde un peu moins égocentrique.

Réinventer LA MODE

À la télé, dans les magazines ou encore à travers les influenceurs sur Instagram, la mode est un sujet omniprésent. Dans une société où l'apparence est reine, acheter des vêtements relève d'une socialisation* bien marquée. Les marques, les éditions limitées… grâce à la publicité, elles nous attirent. Les industriels l'ont bien compris et sont heureux de pouvoir nous vendre un tee-shirt à logo pour 100 €. Derrière cette technique marketing, il y a une réelle catastrophe : la *fast fashion**.

Cette industrie, qui pousse à la surconsommation vestimentaire, est très polluante. Les grandes enseignes à petits prix sont nombreuses à renouveler leurs collections tous les quinze jours. Ce qui veut dire qu'une production effrénée doit assurer le remplissage des magasins dans le but de vendre toujours plus. Et même si, finalement, les articles sont moins chers, tu dépenseras plus, car en plus grande quantité.

UN POLO PAS ÉCOLO

L'industrie de la mode est la deuxième activité la plus polluante.
25 % des pesticides de la planète sont déversés sur le coton dont sont faits nos vêtements. Côté finitions, les encres utilisées pour la couleur du textile sont chimiques, et finissent très souvent dans les cours d'eau des pays producteurs, où les usines les déversent directement dans la nature.

Pendant longtemps, contourner les grandes enseignes vestimentaires était bien compliqué, car il y avait peu de choix alternatifs. Mais depuis plusieurs années, des marques s'efforcent de réinventer le système de production de nos vêtements pour limiter au maximum leur impact environnemental*. Hopaal, Veja ou encore 1083 sont des pionniers dans le secteur et ont réussi le pari de réduire drastiquement les ressources primaires pour confectionner leurs vêtements. Si un tee-shirt conventionnel nécessite 2 900 litres d'eau pour sa confection, un tee-shirt éthique* n'en utilise que 50. L'utilisation de fibres 100 % recyclées permet ainsi de réduire la consommation d'eau de 98 %.

Cependant, se tourner vers des marques éthiques* tout en continuant de consommer autant est forcément inutile. Chaque année, nous consommons onze kilos de vêtements dont la plupart finiront non portés, au fond du placard ou à la poubelle. Des achats évitables donc, ce qui ferait du bien tant à notre porte-monnaie qu'à la planète !
En achetant éthique*, on s'assure aussi d'une meilleure qualité, permettant de garder plus longtemps nos vêtements.

De plus, le marché de l'occasion est en plein essor en France. Les friperies sont à la mode, et des applications comme Vinted ou Leboncoin permettent aux internautes de vendre ou de s'échanger des vêtements, ce qui limite l'achat d'habits neufs, et permet ainsi de préserver des ressources qui ne seront pas utilisées dans leur fabrication.

Rencontre avec Pierrick Libossart

Une vraie transition écologique* passe également par l'adaptation et la transformation de nos entreprises. Réapprendre à produire sans menacer les ressources de la planète, c'est l'enjeu des entreprises éthiques* aujourd'hui. J'ai rencontré Pierrick Libossart de la marque de vêtements Hopaal. Cette jeune entreprise de la Côte basque travaille dur à réinventer la façon de produire pour être en adéquation avec la préservation de nos ressources.

Pourquoi peut-on dire que votre marque produit de manière responsable ?

On cherche à créer des vêtements avec le moins d'impact* possible (environnemental, social...). À partir de là, l'idée est de revaloriser des matières déjà existantes pour éviter de piocher de nouvelles ressources dans la nature. On répare le passé en utilisant de vieux tissus qui devaient être jetés. Mais on travaille aussi avec des matières naturelles recyclables comme le lin ou le coton bio. L'essentiel de notre production a lieu en France et une partie au Portugal, toujours à moins de 1 000 km de Biarritz où nous sommes basés.

Qu'est-ce qui vous a fait vous engager dans ce domaine ?

Hopaal est né d'une liberté d'entreprendre et d'une forte sensibilité environnementale. C'est lors d'un stage dans le textile en Inde que Clément, cofondateur de Hopaal, réalise que de nombreuses chutes de tissus sont jetées lors de la confection d'un vêtement. C'est comme ça que naît l'idée de revaloriser une matière déjà existante et de proposer une alternative plus durable à l'industrie de la mode, deuxième industrie la plus polluante au monde. Un vrai problème, mais aussi une véritable opportunité de changer les choses !

Ce modèle est-il transposable à grande échelle ? Peut-il remplacer la *fast fashion** ?

Hopaal est une petite entreprise, mais son modèle, lui, est transposable à d'autres entreprises qui souhaiteraient se développer de manière éthique*. Remplacer la *fast fashion**, ce serait super, bien sûr, mais il y a un vrai travail de pédagogie à faire en amont. Acheter un tee-shirt à 5 € dans une enseigne de grande distribution ou bien en acheter un à 45 € chez Hopaal, ce n'est pas la même démarche. Mais, au-delà de la dépense, il y a la portée de l'achat : choisir l'un ou l'autre de ces tee-shirts, c'est choisir de soutenir un certain modèle. Il faut bien en être conscient.

Nous devons travailler sur les explications pour montrer ce qui se cache derrière le tee-shirt. En basant une grande partie de notre ligne de production en France, nous soutenons des travailleurs rémunérés à leur juste valeur. Si on pouvait vendre nos vêtements moins chers, on le ferait, mais leur coût reflète exactement le travail qu'ils impliquent.

Justement, les marques éthiques* sont-elles accessibles à tous ?

Oui et non. Mais notre rôle est de faire des vêtements les plus durables possible, et de mettre la qualité au centre de la conception. Acheter un tee-shirt qui tient dix ans réduit forcément l'impact* au porte-monnaie, car nos besoins d'achats à venir diminuent. C'est un investissement en quelque sorte. Et si c'est difficile de donner la durée de vie exacte de nos vêtements, ce qui est sûr, c'est qu'ils ne soutiennent pas les mêmes valeurs ni les mêmes personnes que ceux fabriqués par la quasi-totalité des marques de la grande distribution.

Quel est le rôle des entreprises dans la transition écologique* ? Ont-elles un pouvoir ?

Je pense qu'elles ont un pouvoir grâce au message qu'elles transmettent aux communautés qu'elles fédèrent. Nous avons 44 000 followers sur Instagram : on peut, à eux et par eux, faire passer des idées. Notre mission n'est pas seulement de vendre des produits mais surtout d'interpeller et de faire agir pour les valeurs éthiques* et écologiques auxquelles on croit. On peut aussi imaginer – pourquoi pas – des regroupements de marques pour agir au niveau des politiques.

Que diriez-vous à un jeune qui souhaiterait lancer une entreprise éthique* ?

Il faut parler de son projet. Peu de chances qu'on lui vole. En revanche, il va obtenir des retours d'expériences, des contacts. Il faut aussi se faire accompagner, trouver une équipe qui partage les mêmes valeurs. Hopaal, lors de sa création, a passé pas mal de temps dans un incubateur*. Il faut savoir bien s'entourer.

Quel conseil pour la jeunesse ? Quelle mise en garde ?

Ne pas se laisser conditionner. Ne pas se dire que ça marche forcément de telle ou telle façon, toujours chercher des initiatives inspirantes et... y aller ! Ne pas avoir de frein à ce niveau-là. Et puis monter un business responsable permet de travailler avec une équipe épanouie au quotidien. On veut continuer de montrer l'exemple pour inspirer de nouveaux jeunes créateurs à se lancer.

Quel est le pouvoir du consommateur face à une entreprise ?

Chaque fois que l'on utilise sa carte de crédit, on vote. Acheter, c'est soutenir. Si personne n'achetait les produits non-éthiques*, ils ne se vendraient pas. C'est assez binaire. Quand on achète, on soutient. Après, il faut prendre en compte que si tout le monde avait les moyens, beaucoup de gens iraient vers des produits plus responsables. Il faut réussir à éduquer, à transmettre, pour montrer les bénéfices de l'achat éthique* et réussir à sensibiliser afin de dépasser la frontière du prix. D'autant que la demande crée l'offre : si les consommateurs achètent et montrent leur intérêt pour les produits éthiques*, les entreprises seront plus nombreuses à en proposer. Cela créera un marché plus concurrentiel qui, en théorie, pourrait faire baisser les prix.

Comment imaginez-vous le monde en 2050 ?

Je pense que si on ne fait pas des choix radicaux, on sait qu'il y aura plus de plastique que de poissons dans les océans. Je crois que c'est assez parlant. À nous donc de voter, à nous de soutenir, à nous de mettre en place des actions pour faire changer les choses. On est sûr que l'urgence climatique appelle à la solidarité, car on n'y arrivera pas seul.

Rendre son HABITAT DURABLE

Notre habitat reflète la personne que nous sommes, et donc pour les Jeunes Engagés, leur niveau d'engagement personnel. En effet, il n'est pas cohérent d'agir à l'extérieur de chez nous, si dans notre propre lieu de vie, nous ne respectons pas les principes écologiques de base.

Cela va de soi, et plusieurs actions peuvent être menées, mais elles sont souvent oubliées car nous ne savons pas comment nous y prendre.

Bien jeter ses déchets

Dans un premier temps, il y a le geste de base : le recyclage. C'est le premier niveau d'engagement car sans difficulté à appliquer. Ce n'est qu'un rythme et des habitudes à prendre : après quelque temps, viser la bonne poubelle sera automatique.

Bon. Recycler, c'est bien, mais ne pas produire le déchet à la base, c'est encore mieux. Dans la vie de tous les jours, il est difficile de vivre encore zéro déchet, mais il y a des produits que nous ne sommes pas obligés d'acheter sous emballage. Favorisons le vrac* pour ce qui est possible. Beaucoup de clichés subsistent, mais acheter en vrac*, c'est aussi s'approvisionner en produits non transformés comme les fruits et les légumes. Eh oui, faire à manger limite les déchets, et en plus, c'est moins cher.

Pour les résidus alimentaires, direction le compost ! Et même sans jardin, c'est possible. Il suffit de chercher les lieux dans la ville où des composts sont mis à disposition et, dans le cas contraire, en faire la demande à la mairie. Dernière possibilité : le compost chez soi. Pour les appartements, le lombricomposteur peut être une bonne alternative. Il s'agit d'un compost habité par de petits vers qui s'occupent de manger vos résidus alimentaires. Avoir un compost, c'est réduire ses déchets de 30 % !

Éviter les pertes d'énergie

Dans l'habitat, il y a aussi la question de l'énergie. Un appartement en consommera plus ou moins en fonction de s'il est bien isolé ou pas. Plusieurs gestes simples permettent de réduire cette consommation. Par exemple, il est judicieux de débrancher tous nos appareils électroniques au lieu de les laisser en veille. Une box Internet qu'on laisse allumée en permanence consomme autant qu'un frigo ! Éteindre celle-ci quand on quitte son domicile est déjà une bonne chose. Il en va de même pour les ordinateurs, téléviseurs et autres appareils.

Côté thermostat, chauffer sa maison à 19 °C dans la journée permet aussi de réduire la facture. Selon l'ADEME*, chaque degré ajouté augmente de 7 % la consommation de chauffage.

Enfin, bien choisir son fournisseur d'électricité peut aussi avoir un réel impact dans la transition énergétique*. En effet, des entreprises comme Enercoop ou Elek s'engagent à produire autant d'énergie renouvelable que ce que vous consommez, pour un tarif similaire voire inférieur aux groupes conventionnels.

Réparer, emprunter, réutiliser

Encore une fois, recherchons le minimalisme*. La meilleure façon de protéger la planète est de ne pas trop consommer. Observe ton chez-toi et demande-toi si tout ce que tu possèdes est nécessaire. Tu te rendras vite compte que nous avons tendance à accumuler des tas de choses inutiles.

Dans un premier temps, quand on a besoin de quelque chose, on peut aller faire un tour dans la ressourcerie* de la ville, qui prête ou vend des objets de seconde main. Pour un usage ponctuel d'une perceuse, pas très utile au quotidien, mieux vaut en effet se la faire prêter. Et quand un objet tombe en panne, la plupart du temps, nous pouvons le réparer.

Pour ceux qui n'ont pas encore quitté le cocon familial, pas de panique ! Tous les points évoqués plus haut sont transposables chez vos parents. Il faudra juste trouver les bons arguments pour les convaincre.

Lâcher un peu INTERNET

La pollution numérique, tu connais ? C'est le nouvel enjeu auquel nous allons devoir faire face.

Avec l'essor d'Internet et du numérique, l'humain développe une nouvelle pollution, plus difficile à combattre, car celle-ci est invisible, ou presque. Être sur Internet n'est pas rendu possible uniquement par le fait de brancher son ordinateur à une prise pour le charger. Tout ce qu'il y a sur le web a son équivalent sur la Terre. Pour être plus clair, tout site Internet, ou plateforme, est hébergé dans ce que l'on appelle des *data centers*.

Ces lieux accueillent des centaines de gigantesques ordinateurs permettant de stocker toute l'information qu'Internet livre. Ce sont les usines d'Internet. Les milliers de *data centers* à travers le monde ont un impact environnemental* très lourd. En effet, ces ordinateurs connectés en permanence, en plus de consommer énormément d'électricité, ont besoin d'être refroidis pour éviter des surchauffes, voire des explosions. Ce refroidissement permanent est très énergivore.

LE RÉCHAUFFEMENT NUMÉRIQUE

Selon les chiffres du CNRS de 2018, la consommation énergétique des usines à serveurs, des ordinateurs et des réseaux représente 10 % de la consommation globale mondiale d'électricité. Et cette consommation n'est pas près de s'arrêter ! On estime que celle-ci va augmenter de 10 % chaque année.

Mais comment freiner ces usines qui consomment énormément d'énergie dans une ère où tout se numérise, où nous sommes accrochés à nos téléphones, aux réseaux sociaux ? Je m'inclus bien évidemment dans ce constat. J'écris d'ailleurs ces lignes sur mon ordinateur, et ces pages sont sauvegardées dans un cloud*.

Bien que ces mesures doivent être encadrées par une action gouvernementale forte, en imposant notamment l'approvisionnement de ces usines en énergie renouvelable, nous pouvons agir à notre échelle grâce à quelques actions simples. Dans un premier temps, nous pouvons supprimer les milliers de messages qui s'accumulent dans nos boîtes mails, car leur stockage est également réuni dans des *data centers*. Eh oui, bien souvent, une fois lus, on ne les rouvre plus ! Des sites comme CleanFox peuvent se charger de supprimer les mails pour nous.

Autre démarche, lorsque nous faisons des recherches sur Internet : il est préférable de privilégier des moteurs de recherche qui compensent la pollution de cette activité. C'est le cas d'Écosia ou de Lilo. Le premier site plante des arbres partout à travers le monde, en recréant des écosystèmes permettant aux communautés locales d'en vivre. Le deuxième reverse de l'argent aux associations que l'on choisit sur la plateforme.

Toutefois, la meilleure façon de limiter notre pollution numérique, c'est d'apprendre à nous défaire de nos ordinateurs et de nos téléphones. Une épreuve difficile pour notre génération qui se lève avec Instagram et se couche avec Snapchat. Mais qui reste surmontable. Un peu moins de réseaux, pour un monde plus beau...

Bien choisir SA BANQUE

Pensais-tu que l'argent des comptes en banque se reposait tranquillement, en attendant qu'on le réveille à coups de carte de crédit ? Eh bien non, nos comptes bancaires, et notamment notre épargne, travaillent dur pour financer l'économie.
Chaque banque utilise l'argent de ses clients pour le prêter à des entreprises ou à des particuliers. Pour nous, cela ne change rien, notre argent est toujours là, et nous toucherons des intérêts.

Le problème des investissements bancaires est à chercher un peu plus loin. Il faut se demander : « À qui ma banque prête-t-elle ? »

C'est ici que l'histoire est moins jolie. Les plus grandes banques ne sont pas connues pour leur éthique* ni leur volonté de protéger la planète. Leurs investissements en sont révélateurs. Selon le guide écocitoyen des Amis de la Terre, les principales banques françaises investissent massivement dans les énergies fossiles* (donc polluantes), que ce soit le charbon, le pétrole ou le gaz de schiste.

Grâce à ces financements, ces industries non écologiques, même en perte de vitesse, peuvent continuer de prospérer car les banques leur assurent une protection. Malheureusement, certaines banques traditionnelles investissent dans des projets rentables sans se soucier de l'impact* social ou environnemental de leurs actions.

Cependant, un rapport d'Oxfam témoigne aujourd'hui d'un *greenwashing* (voir p. 112) des institutions financières. En effet, face à la prise de conscience écologique croissante de la population, les entreprises s'efforcent de se donner une bonne image d'acteurs de la transition.
À Paris, un nouveau bâtiment rénové par BNP Paribas annonce sur sa façade des travaux réalisés dans une démarche écologique. BNP Paribas était aussi un sponsor de la COP21* en 2015. Mais c'est aussi la banque qui finance le plus les énergies fossiles* avec 12,8 milliards d'euros rien qu'entre 2016 et 2017. Cela donne à réfléchir… Il ne faut pas s'arrêter aux apparences.

TOP 3 DES FINANCEURS DES ÉNERGIES FOSSILES*

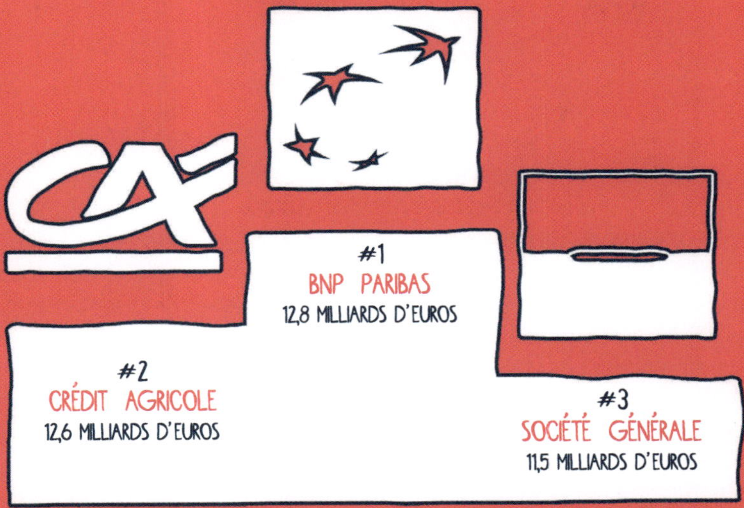

Podium des trois banques françaises qui consacrent le plus de fonds aux énergies fossiles (2016-2017)

Sources Oxfam France

Si l'on se rend compte que notre banque ne correspond plus à nos valeurs écologiques, rien n'est figé !
Il est possible d'en changer.
Nous pouvons choisir à qui confier notre argent. Des banques comme la Nef ou le Crédit Coopératif offrent les mêmes services que les banques traditionnelles mais s'assurent que notre argent ne soutient pas des projets polluants. Ces sociétés financent par ailleurs les projets de l'économie locale et citoyenne. Nous avons donc le pouvoir de faire la différence.

VOYAGER *durable*

Être engagé au quotidien ne doit pas s'arrêter quand on part en vacances ! Au contraire, il est important de montrer que l'engagement écolo est un mode de vie, une vraie prise de conscience. Depuis la dernière décennie, l'industrie touristique est en plein boom. Avec une classe moyenne grandissante et des voyages aériens toujours plus accessibles, nous avons beaucoup plus de facilité à parcourir le monde. Cependant, bien que le voyage soit une belle occasion de partage entre cultures, le tourisme de masse est en train de devenir une véritable menace pour la planète.

Dans un premier temps, il y a la problématique de l'avion, 1 500 fois plus émetteur de CO_2 que le train. Le coupable : son carburant, le kérosène, particulièrement nocif. Supprimer les vols intérieurs et redécouvrir les alternatives à l'avion est un premier pas.

Mais si nous voulons réellement enrayer la pollution causée par le tourisme, il va falloir réapprendre à voyager. De la croisière à l'hôtel tout inclus au Mexique en passant par le projet d'aéroport au Machu Picchu, le voyage de masse s'intensifie. Bien que ce genre de voyages permette de rendre plus accessibles certains lieux et dynamise économiquement des régions entières, il est en train de détruire des zones de biodiversité* unique dans des pays assommés par ce nouveau mode de tourisme. On assiste par exemple au phénomène de bétonisation*, où des structures touristiques sont construites sur les littoraux ou dans des espaces naturels, quitte à dénaturer le paysage. C'est le cas de la Côte d'Azur, dans le Sud de la France, où les hôtels et résidences de vacances ont remplacé les plages sauvages.

Si tu décides de partir à la découverte du monde, il existe plusieurs manières de limiter ton empreinte écologique. C'est ce que l'on appelle l'écotourisme. Tu peux ainsi trouver des lieux d'hébergement, des activités ou des restaurants qui ont décidé de s'engager pour la planète. Comme le « WWOOFing » (voir encadré). Cependant, attention aux arnaques ! Compte tenu du changement de mentalités, il n'est pas rare que des structures s'inventent des certifications écologiques pour attirer des touristes. Pour être sûr, regarde les engagements et les actions concrètes du lieu.

Pour finir, tu peux aussi découvrir, si tu as un peu plus de temps pour voyager, le slowtourisme, un tourisme à rythme lent, garant d'un ressourcement personnel et peu émetteur de CO_2. Plus concrètement, c'est partir en train ou voyager à vélo et aller à la rencontre de lieux uniques ou d'endroits méconnus proches de chez toi.

C'EST QUOI LE WWOOFING ?

« Mouvement mondial qui vise à reconnecter les hommes et les femmes à la terre en participant bénévolement à des pratiques agricoles biologiques.
Les bénévoles (les wwoofeurs) sont reçus dans de petites exploitations à échelle humaine où vivent et travaillent des familles ou des collectifs (les hôtes). Les wwoofeurs aident au travail agricole et partagent la vie quotidienne des hôtes qui leur offrent le gîte et le couvert. » (wwoof.fr)

RÉPONDRE AUX CRITIQUES

ou aux haters

Dès que l'on commence à changer nos habitudes, on fait un premier pas dans notre engagement car on tente de mettre en adéquation notre mode de vie et nos convictions.

Ce changement, qu'il soit radical ou modéré, va faire parler. Tu modifies des habitudes bien ancrées dans la société et vouloir sortir de ces normes va créer toutes sortes de commentaires sur toi et tes actions. La plupart seront des messages d'adhésion à ton effort, d'encouragement ou bien de la curiosité bienveillante. Mais certaines fois, cela se traduira par de la critique ou simplement de la méchanceté. Ce dernier cas de figure reflète bien souvent l'ignorance ou l'inconfort d'une personne qui n'a pas encore décidé de changer.

On parle aujourd'hui de haters. Issu du mot anglais hate, qui signifie détester, haïr, ce terme désigne les individus qui passent beaucoup de temps à dénigrer et critiquer les autres, bien souvent en utilisant pour cela les réseaux sociaux.

J'ai sélectionné huit phrases que l'on peut entendre partout. Il s'agit « d'attaques types » auxquelles tu pourrais être confronté. Voici quelques clés, pistes et idées de réponses qui t'aideront à riposter.

« C'est pas moi, tout seul, qui vais changer le monde. »

La phrase que nous entendons certainement le plus, quand nous faisons une réflexion sur un acte pas très écolo. Un exemple : un ami qui utilise un sac en plastique et qui se déculpabilise en affirmant que ce n'est pas son petit sac ridicule qui va avoir un impact.

Bon. La réponse la plus évidente, c'est de rappeler que cette personne n'est pas seule au monde. 7 milliards d'humains sont aussi présents sur la même planète. Comme nous avons pu le voir, nos achats du quotidien ont un lien direct avec le fait que notre monde ne tourne plus très rond. Toutes les catastrophes environnementales sont le résultat d'une consommation excessive d'un produit. Une marée noire, la déforestation de l'Amazonie ou bien la plastification de nos océans sont la conséquence de nos voitures, de notre steak ou bien du sac plastique que nous avons pris au supermarché. Il faut donc briser la vision individualiste que nous avons en constatant la répercussion de nos actes à l'échelle nationale puis mondiale. Au final, ce sac a très bien pu finir dans l'estomac d'une baleine.

Donc, oui, s'il te plaît, repose ce sac plastique.

« C'est trop tard. »

Nous avons tous un ami défaitiste. Il faut bien de tout pour faire un monde, mais cela ne serait pas de refus s'il pouvait prendre moins de place pour ne pas décourager ceux qui y croient encore. Depuis quand une pensée pessimiste a réussi à mener vers quelque chose ? Nous sommes bien contents que les Alliés ne se soient pas découragés avant de libérer la France de l'Allemagne nazie. Nous pourrons dire la même chose dans cinquante ans quand nos océans ne nous auront pas submergés et que nous pourrons vivre sans une canicule tous les trois jours.

Le pessimisme est une forme de non-courage.
Ce que nous ne maîtrisons pas nous fait peur.
Le réchauffement climatique est imprévisible.
Pour autant, nous avons toutes les capacités pour mettre un terme à cette dérégulation.
N'abandonnons pas avant de nous être battus !

Allez, soldat, du nerf !

« On ne pourra pas faire changer ce qu'est l'humain. »

Un peu défaitiste comme affirmation encore une fois. Il se peut que nous nous réveillions trop tard et que la fin du monde soit déjà enclenchée. C'est vrai que les dinosaures n'ont pas eu droit à leur « fin heureuse ». Toutefois, cela ne veut pas dire que nous devons baisser les bras. S'il est trop tard pour inverser la tendance du réchauffement climatique et de la disparition de la biodiversité*, il est certain que nous pouvons la faire ralentir, pour permettre aux générations futures de mieux vivre.

« Mais tu manges quoi si tu ne manges pas de viande ? »

Cette phrase est le désespoir de tout végétarien*. Elle arrive tout juste avant : « Et le cri de la carotte ? » (Métaphore qui a pour but de souligner le fait que les végétaux pourraient ressentir la souffrance au même titre qu'un animal). Cette affirmation, le plus souvent entendue pendant un repas de famille, n'a rien de bien méchant. Au contraire, le fait que tu aies changé d'alimentation questionne les gens autour de toi. Ils peuvent parfois se sentir inconfortables face à ce choix de régime. Ils vont donc décider de te décrédibiliser pour tenter de se convaincre que ton alimentation est une marginalité.

Il n'est pas évident de répondre à cette question. Personnellement concerné, j'en sais quelque chose ! Non pas que nous ne sachions pas quoi répondre, mais bien parce que nous ne savons pas par où commencer. Nous mangeons exactement comme un omnivore, en ayant simplement décidé de remplacer la viande et le poisson par des protéines végétales. Nous pouvons manger des lasagnes, des burgers ou encore des pizzas. L'image du végétarien* et de sa salade verte sans sauce, c'est du passé. Plus fort que les mots, faire découvrir les alternatives végétariennes* lors d'un repas est peut-être le meilleur moyen de briser les tabous sur cette alimentation.

« Je ne pourrais pas faire ce que tu fais. »

À croire que vouloir protéger l'environnement relève d'une prouesse surhumaine. Je ne savais pas que repenser sa consommation revenait à être un super-héros ! Bien que cela soit très flatteur pour le Jeune Engagé, il faut également en finir avec cette image. En prononçant ces mots, on crée une division entre ceux qui seraient aptes à protéger l'environnement et ceux pour qui cela n'est pas possible.

C'est faux.

Tout le monde a son rôle à jouer dans la transition écologique*. L'écologie est une simple conception de vie qui replace la nature au centre de nos préoccupations, permettant ainsi de mieux cohabiter, et donc de mieux vivre. Il y a possibilité de s'engager à tous les niveaux et à sa manière.

« Je trouve les écologistes extrémistes, on doit pouvoir avoir le choix. »

On entend souvent cette phrase, notamment quand certains membres de l'association Greenpeace (voir p. 121) décident de s'accrocher à une centrale nucléaire pour forcer son arrêt.

Le terme d'écoterroristes est né de ce type d'actions coup de poing, qui ont tendance à ébranler la population. Mais ces actions sont beaucoup plus importantes que nous ne le pensons. En choquant, elles permettent d'obtenir une diffusion beaucoup plus importante, augmentant, de fait, le nombre de personnes sensibilisées à une cause. En nous dérangeant, ces actes extrêmes nous mettent dans un inconfort, ce qui peut aider à nous sortir de nos routines.

Ces actions restent toutefois pacifistes, ne mettant en aucun cas la vie d'autrui en danger. Par ailleurs, elles n'obligent personne à quoi que ce soit. Une fois informé grâce à elles, chacun est libre de faire ses choix, libre de changer ou non.

« ET NOS SDF ? »

Cette phrase est transposable dans toute situation. Une volonté de sauver les ours ou de venir en aide aux réfugiés en passant par l'aide internationale durant une catastrophe naturelle, il y aura toujours un individu pour rappeler qu'il y a d'autres combats, jugés plus importants, notamment quand il s'agit de nos chers concitoyens. Pourtant, quand tu étudies les actions de ton interlocuteur, tu te rends compte qu'il n'est pas très actif dans ce qu'on appelle couramment la solidarité.

Cette phrase a plusieurs motifs : il peut s'agir d'une forme de culpabilisation par laquelle la personne se défend en constatant que ce que tu fais n'est pas forcément utile car il y a plus grave ailleurs, donc nul besoin de te soutenir. Ou bien, cela peut refléter la pensée que la solidarité s'arrête à nos frontières, que chaque pays doit gérer ses problèmes. Pourtant, c'est une vision assez triste du monde. La richesse que représente la diversité des pays doit être une force lorsqu'il s'agit d'entraide. De plus, je pense sincèrement que les gens qui s'engagent sur des causes internationales sont beaucoup plus amenés à aider les démunis de leur ville que des gens qui ont décidé qu'il fallait prioriser l'aide nationale.

Au final, la réponse est bien simple : tu n'as pas demandé leur avis. Tu mènes une action qui te tient à cœur, et c'est tout à ton honneur. Il faut rappeler que peu importe ce que tu défends, tu véhicules des messages d'inclusion, de respect et d'humanisme, des valeurs qui s'appliquent à tous les niveaux de la société.

« Le réchauffement climatique ? Mais il a neigé cet hiver ! »

Cet argument des climatosceptiques* a eu de plus en plus d'écho depuis la réaction « naïve » de l'ex-président américain, Donald Trump, ne comprenant pas pourquoi il pouvait faire si froid à Chicago si la planète était bien sous le coup d'un réchauffement climatique. En France, ces allusions ont fait polémique lorsqu'un présentateur de nouvelles en continu a contré une écologiste en affirmant qu'il faisait froid à Paris.

Il est assez simple de répondre à ce genre de commentaires. Il suffit d'expliquer que ce que l'on appelle « réchauffement climatique » est en réalité un « dérèglement climatique » lié aux activités humaines. La hausse des températures, causée par les gaz à effet de serre*, augmente la température générale ce qui dérègle le climat. On se retrouve donc avec des températures extrêmes dans certaines régions (comme 50 °C en Inde et, dans le même temps, un froid extrême au Canada !), ce qui accentue les catastrophes naturelles.

Pour mieux se faire comprendre et éviter les critiques « faciles », il est donc plus judicieux de parler de dérèglement climatique plutôt que de réchauffement, même si le réchauffement est une étape.

S'INFORMER ET DÉVELOPPER

son esprit critique

Après avoir changé ses habitudes au quotidien, il est important d'avoir des connaissances solides pour pouvoir amorcer un engagement concret. Cette étape semble facile, ou un peu plus simple que les autres. Toutefois, dans une société où l'information nous inonde dès notre réveil à travers les réseaux sociaux, la télévision ou la radio, il n'est pas si simple de se constituer un esprit critique avec des informations fiables. On peut entendre tout et n'importe quoi sur des sujets qui font débat. Il faut réussir à discerner le bon du mauvais.

Le plus grand danger reste la manipulation par ce que l'on appelle les fake news*. Si ce terme a été déformé par l'ex-président américain Donald Trump, qui l'a utilisé pour desservir ses opposants, « les fausses informations » sont abondantes sur les réseaux sociaux.

Apprendre à faire le tri parmi quantité de contenus médiocres peut sembler accablant. Cependant, tout Jeune Engagé se doit d'en apprendre l'art, afin de se forger des opinions fondées et solides, et ainsi se construire une réelle crédibilité. Et avec quelques clés en main, cela n'a rien de vraiment compliqué.

ATTENTION
aux mots

Il faut avant tout être très attentif aux mots utilisés, particulièrement dans tous les domaines polémiques et contestés tels que la lutte contre le réchauffement climatique. Apprends à repérer l'utilisation abusive d'euphémismes (les mots qui servent à atténuer une idée désagréable) et d'un jargon inutile (par exemple, les mots en latin qui ont juste pour but de compliquer inutilement le discours) ou l'usage intentionnel d'imprécisions (comme les propositions de politiciens restant toujours vagues).

En étant aux aguets et en questionnant les faits qui te sont présentés, tu seras plus facilement en mesure d'identifier les raisonnements biaisés ou les sophismes, c'est-à-dire les raisonnements qui se veulent rigoureux mais qui ne sont en réalité pas valides en termes de logique. Voici quelques procédés couramment utilisés.

Le faux dilemme

Lorsqu'on nous présente une situation comme s'il n'y avait que deux options, alors qu'il en existe très certainement plus (c'est soit X, soit Y).

Exemple : « Il faut maintenir le capitalisme*, sinon c'est le chaos. »

La généralisation hâtive

Généraliser une anecdote concernant quelques personnes à une population au complet, tirer des conclusions sur un sujet en se basant sur un nombre limité de cas.

Exemple : « La pollution est causée par les Chinois et les Américains, ce sont eux qui ne font rien. »

L'ad hominem

Très courant en politique, l'*ad hominem* est un argument qui vise à retourner une idée ou une opinion contre celui qui l'exprime. Le but de ce procédé est de discréditer cette personne.

Exemple : « Greta Thunberg (voir p. 82) est dirigée par des puissances étrangères, elle ne sait pas de quoi elle parle. »

L'appel à l'autorité

Croire en un fait qui nous est présenté, simplement parce qu'il aurait été dit par quelqu'un de connu/d'expert. C'est un phénomène courant dans les médias. On utilise des experts qui n'ont rien à voir avec le sujet étudié, seulement parce qu'ils ont un titre.

Cela ne veut pas dire qu'il faut avoir une méfiance accrue envers les scientifiques, mais simplement que notre esprit critique doit toujours rester en alerte.

Exemple : « Selon ce spécialiste en économie, le réchauffement climatique est à relativiser. »

LES BONNES QUESTIONS À SE POSER

La source d'information que je consulte est-elle de qualité ?
Est-ce un blog ?
Un magazine ?
Un document gouvernemental ?
Un journal académique ?
La source est-elle fiable, est-elle datée ?

Qui en est l'auteur ?
A-t-il écrit d'autres articles à ce sujet ?
A-t-il écrit sur d'autres sujets ?
A-t-il bonne réputation ?

Quel est le principal message communiqué ?
Existe-t-il d'autres adeptes de cet avis, d'autres supporters de cette idée ?
Y a-t-il des contestataires ?

Mieux vaut être trop critique par rapport à l'information que l'on consomme que pas assez. Lorsqu'on se met à douter de la véracité d'un fait, il s'agit d'aller vérifier le fait en question grâce à quelques recherches.

RENCONTRE AVEC CAMILLE CROSNIER

Combattre les fake news, oui, mais comment ? Une question que j'ai pu poser à Camille Crosnier pour y voir plus clair. Camille est journaliste, diplômée de l'École Supérieure de Journalisme de Lille. Si elle a débuté en tant que reporter pour la radio RTL, tu l'as peut-être déjà aperçue dans l'émission télé Le Petit Journal sur Canal+ (devenue Quotidien sur TMC) animé par Yann Barthès. Elle a ensuite rejoint la radio France Inter, dans La Terre au carré, une émission consacrée à la protection de la planète.*

Quel est le rôle du journaliste dans la protection de l'environnement ?

Le journaliste a pour rôle d'informer, donc d'impulser tout changement de comportement. Car quand on ne sait pas, on ne se rend pas compte (forcément), et donc on ne modifie pas ses habitudes individuelles, et on ne fait pas non plus pression (que ce soit en militant ou par les urnes, par exemple) pour que les choses changent à une échelle plus grande.

La protection de la planète trouve donc ses racines dans l'information, venant des scientifiques, puis relayée et diffusée par les journalistes – qui vérifient les sources auparavant, bien évidemment !

Comment bien s'informer à une époque où nous sommes inondés d'informations ?

S'informer avec des médias fiables : les grands journaux (c'est valable en France et partout dans le monde), les grandes radios, les journaux télés « historiques ». La clé est de varier les sources : par exemple, ne pas se dire qu'en regardant *Quotidien* tous les soirs, on sera suffisamment informé, car ce n'est là qu'un seul point de vue. Changer de média, donc de sources, c'est comme changer de lunettes : on a chaque fois une nouvelle vision des choses. Lire, regarder, entendre différents angles, écritures, analyses, interviews permet de se faire une idée plus vaste et fiable du paysage et être ainsi bien informé.

Sur les réseaux sociaux, c'est pareil : on se tourne vers les comptes officiels des grands médias ou de grands noms ou organismes de la science, par exemple, et on varie, on croise les sources d'infos. Si on tombe sur une information, un article, un post relayé ici ou là, c'est important de toujours vérifier quelle est sa source. D'où ça vient ? Qui a dit ou écrit ça ? À partir de quoi ? Et en remontant le fil, on se rend compte très vite si c'est fiable ou non.

Comment combattre les *fake news**, notamment les déclarations climatosceptiques* ?

En ne les relayant pas ! C'est la base.
Plus on ignore la bêtise, moins elle a d'écho.
En y opposant des arguments scientifiques aussi, si la situation s'y prête, car ils sont l'arme absolue, fiable et imbattable. Et en diffusant ces informations vérifiées et donc crédibles précédemment évoquées.

Que penses-tu de l'engagement des jeunes ? Ont-ils un pouvoir ?

Évidemment qu'ils ont un pouvoir ! Les scientifiques ont d'ailleurs reconnu, en quelque sorte, que grâce aux jeunes, le monde a enfin pu entendre leur voix ! Eux ne sont pas de bons communicants (bien qu'ils commencent à le devenir), alors que la jeunesse qui s'est mobilisée a su trouver les mots, les actions pour faire bouger les choses. Greta Thunberg, quoi qu'on pense d'elle, a réussi à provoquer une prise de conscience gigantesque, et à secouer une élite qui semblait regarder les choses de haut et de loin jusque-là.

La communication n'est pas suffisante cependant, les actes doivent suivre... Ça commence petit à petit mais le rythme est lent, on le sait (et personne à l'heure où je parle ne peut prédire ce qu'il va se passer après la crise de la Covid-19). En tout cas, la jeunesse mobilisée, c'est un bel élan, nécessaire, bousculant. Mais n'oublions pas non plus que tous les jeunes ne se mobilisent pas, et qu'en revanche, beaucoup d'adultes ou d'anciens sont eux aussi engagés dans cette transition et ce mouvement, chacun à leur échelle. Le rôle de tous est important.

Comment envisages-tu le monde en 2050 ?

Il est difficile de répondre à cette question… Avant la pandémie de la Covid-19, j'aurais été tentée de dire, sur la bonne voie, mais pas encore neutre en carbone malgré les objectifs visés (et espérés). Aujourd'hui, je me pose la question du quitte ou double de cette crise sanitaire et économique pour la transition écologique* : soit les choses vont profondément et durablement changer dans le bon sens, et le monde aura alors retrouvé une certaine forme de sérénité – c'est ce que j'espère – soit, au contraire, nous allons repartir en arrière. Et je n'ose alors imaginer à quoi ressemblera 2050…

ATTENTION
aux chiffres

Ce ne sont pas seulement les mots qui peuvent tromper. Au contraire, quelques-unes des armes les plus efficaces de la désinformation sont bel et bien les chiffres et les statistiques. Une statistique ou une probabilité bien placée lors d'une discussion et c'est la crédibilité assurée.

D'ailleurs, combien de fois t'es-tu appuyé sur une statistique sans t'être assuré de sa véracité ? Sans connaître sa provenance ? Nous en sommes tous coupables !

Le problème, c'est que les chiffres nous intimident. Ils nous effraient même. C'est à cause de cette peur des chiffres que beaucoup d'entre nous se laissent berner quotidiennement par leur utilisation habile et trompeuse dans des statistiques. Pas besoin d'être mathématicien pour perdre ces mauvaises habitudes. Voici quelques astuces simples à utiliser afin de rester critique.

Prendre le temps

La règle d'or lorsqu'on te présente une statistique impressionnante ou choquante est de t'assurer de la véracité du fait proposé. Concrètement, chaque fois qu'une statistique est énoncée, il s'agit de faire une pause et de questionner ce qui nous est communiqué.

Prenons un exemple : tu entends qu'aujourd'hui, X millions d'emplois dans le monde pourraient être perdus si les gouvernements cessent les subventions aux industries d'énergies fossiles*. Plutôt que de t'affoler, pose-toi la question de savoir s'il existe bel et bien au moins X millions de personnes employées dans ce secteur à l'heure actuelle. L'objectif est de systématiquement se poser des questions, d'inspecter les chiffres proposés et de vérifier même le plus simple des calculs :

- Si on parle de pourcentages, est-ce que le total donne bel et bien 100 % ?

- Les statistiques données en chiffres, en pourcentages et en fractions sont-elles équivalentes ? Si on nous affirme que 50 % d'une population d'insecte a disparu, il faut vérifier dans les chiffres qu'il s'agit bien de la moitié de la population totale.

Élargir le spectre des données

Bien souvent, les faits et les statistiques présentés sont dépourvus de références. Afin de pouvoir conclure quoi que ce soit d'une statistique ou d'un chiffre, il faut impérativement avoir un objet de référence afin de s'assurer que l'on sait de quoi on parle.

- Si on donne des pourcentages, a-t-on également accès aux nombres associés ? Par exemple, si un produit se vante d'être 50 % moins gras, de quoi parle-t-on exactement ? 50 % moins gras que quoi ?

- Lorsque l'information véhiculée démontre une augmentation ou une diminution (que ce soit en pourcentages ou en chiffres absolus), a-t-on accès aux nombres de départ ? Par exemple, si on nous dit que les subventions pour une association ont doublé cette année, il serait bien de savoir de combien était la subvention initiale, car, si dans un premier temps cette annonce peut paraître géniale, elle est à relativiser si la subvention n'était que de 1 euro la première année. En effet, l'association ne touchera que 2 euros.

- La population concernée par la statistique présentée est-elle bien définie ? Le résultat s'applique-t-il à toute la population de manière similaire ? Ou à un groupe simplement ?

Vérifier les sources

Comme toute autre information, il faut être très critique de la source présentée. Que ce soit un sondage, une étude ou une simple statistique, questionne-toi sur la provenance des chiffres, sur les entreprises et les individus impliqués dans les études et sur les gens relayant l'information. Certaines de ces personnes, entreprises ou groupes ont-ils des intérêts particuliers en lien avec la recherche ?

Pour aller plus loin, on peut aussi « suivre l'argent ». Qui a payé pour l'étude ? Qui est le propriétaire de la firme de recherche ? Quelle est la réputation de cette firme ? Quels sont les autres projets de recherche que cet organisme soutient ? Dans quel but la recherche est-elle conduite ?

Si la réponse à ces questions te semble suspecte ou n'est pas disponible, cela devrait te mettre la puce à l'oreille : les chiffres présentés sont peut-être biaisés.

Savoir lire les graphiques

Dans la majorité des cas, les graphiques (ou autres schémas) sont d'ingénieux outils pour communiquer sur un sujet de manière claire et concise. Cependant, beaucoup de graphiques donnent également de l'information incorrecte, trompeuse ou mal définie. Il est donc impératif pour tout Jeune Engagé d'être en mesure d'identifier ces problèmes lorsqu'ils sont présents et de ne pas se faire manipuler par des graphiques trompeurs.

ATTENTION AUX ANECDOTES !

Il est facile de tomber dans le piège ! Il faut se souvenir qu'une anecdote n'est rien de plus qu'une histoire basée sur l'expérience d'une seule personne (en gros, c'est l'équivalent d'une étude dans laquelle il n'y aurait qu'un participant). On voit beaucoup cela sur les réseaux sociaux : un produit aux résultats miracles, photos d'un influenceur célèbre à l'appui. Ne te laisse pas berner !

5162

Graphique à secteurs

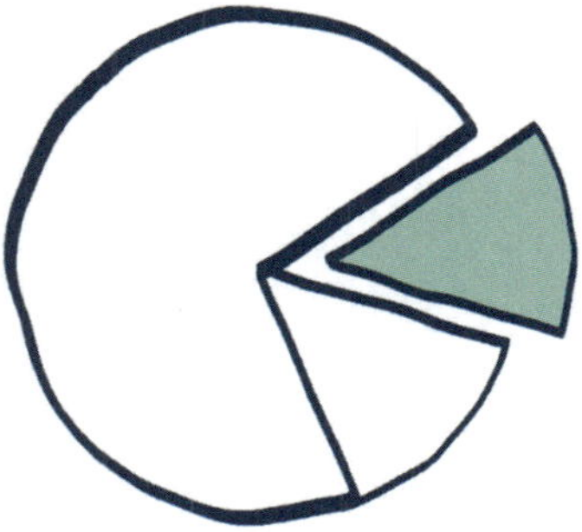

• Toujours s'assurer que les pourcentages présentés totalisent 100 %.

• Rester bien vigilant avec les secteurs étiquetés « autres » : s'ils sont plus gros que les autres, le graphique est trop vague pour en conclure quoi que ce soit.

• Attention aux graphiques à secteurs en 3D. Souvent, la partie la plus proche du lecteur semble plus grosse qu'elle ne l'est vraiment à cause de l'angle de présentation.

• Toujours se poser la question du nombre d'individus inclus dans l'étude et le graphique. L'échantillon est-il assez important pour que chacun des secteurs soit fiable ?

Graphique à barres

• Considérer les unités présentées : les barres représentent-elles un total ou un pourcentage ? En effet, cela n'aura pas le même impact. Si les barres sont en pourcentage, elles devront représenter au cumul 100 %, alors que s'il s'agit d'un total, les barres peuvent prendre des valeurs infinies.

• Prêter attention aux axes : est-ce que l'axe vertical commence à 0 ? À 100 ? « Couper » le bas du graphique en éliminant le 0 peut servir à exagérer la différence entre les barres.

Graphique de temps

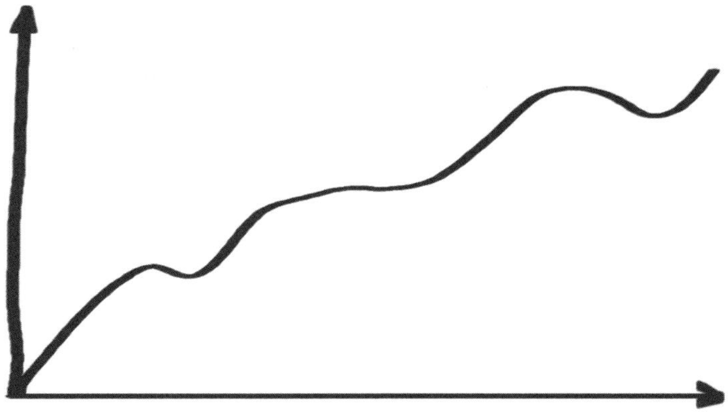

• Attention aux « bonds dans le temps », lorsque l'axe horizontal est coupé pour un certain nombre d'années (souvent dû au manque de données).

• S'assurer que les unités utilisées peuvent être comparées et étudiées à travers le temps. On ne peut pas étudier la diminution du nombre de requins avec l'évolution des pesticides dans les champs.

• Garder en tête qu'il est difficile de conclure sur la cause d'un phénomène que l'on observe sur un graphique de temps. Un graphique de temps montre ce qui se passe et non pourquoi.

S'EXPRIMER SUR LES SUJETS *qui fâchent*

Avoir accès à de l'information, c'est aussi se faire son opinion sur des sujets polémiques. J'en ai choisi plusieurs qui sont souvent au cœur de débats enflammés, en famille ou entre amis. Ils peuvent vite se transformer en dispute du fait d'a priori ou par manque de connaissances. Pour éviter ces moments désagréables, mieux vaut avoir des arguments préparés et béton ! Je ne dis pas avoir la réponse à ces questions plutôt complexes. Je te donne seulement ici mon avis, mais surtout quelques éléments et explications qui te permettront de mieux comprendre ces sujets sensibles, afin de t'en faire ta propre idée.

L'ÉCOLOGIE, *une affaire de riches ?*

L'écologie peut être la cible de plusieurs stéréotypes. Certains imaginent que cela se réduit à manger bio, prendre son vélo et trier ses déchets dans son appartement parisien. Cette vision biaisée du mouvement écolo efface toute la diversité que représentent ceux qui s'engagent pour la planète et qui font la force de ce mouvement.

Mais cette force justement n'est pas un acquis. Il faut continuer à se battre pour que la transition écologique* reste juste socialement et inclusive. Cela signifie que personne ne doit être mis de côté parce qu'il n'a pas les ressources pour participer à cette transition. Peu importent les moyens financiers, chacun est concerné. Les manifestations des gilets jaunes nous l'ont rappelé : « fin du monde, fin du mois, même combat ».

Il est nécessaire que chacun sorte de sa zone de confort et aille à la rencontre des habitants de sa ville, afin de prendre conscience de l'existence de réalités quotidiennes différentes de la sienne. Cela permet, tout d'abord, d'éviter les critiques des uns envers les autres (« Pour toi, c'est facile, tu as les moyens ! » ou « Franchement, tu n'as pas honte de ne pas plus t'impliquer ? »), mais également, dans un deuxième temps, d'encourager l'adoption de mesures écologiques adaptées à chacun, à chaque niveau d'engagement.

Ce discours n'a rien de moralisateur. Je me sens privilégié sur certains aspects et j'ai donc une responsabilité vis-à-vis de la société, je dois participer à l'effort commun, et peut-être un peu plus que mon voisin qui n'a pas les mêmes moyens.
La pandémie de la Covid-19 a montré notamment que beaucoup de jeunes vivent dans la précarité, et, en l'absence de petits boulots, ces jeunes vivent très difficilement. L'écologie peut aussi être un moyen de reconnecter les individus, de venir en aide à ceux qui traversent des moments difficiles. Je pense notamment à la distribution d'invendus qui a permis, grâce à l'entraide, de nourrir des jeunes ou des familles.

Il est impossible de mobiliser toute une population à la même échelle et impossible également de satisfaire tout le monde, de répondre à tous les besoins. Mais il est primordial de s'assurer que les mesures qui sont prises n'en favorisent pas certains au détriment d'autres. Et surtout que les personnes avantagées ne soient pas toujours les mêmes. Il est vrai que la transition écologique va demander des efforts d'adaptation de la population, mais cet effort ne doit pas être réservé aux classes les plus défavorisées. Aujourd'hui, les taxes dites « vertes », c'est-à-dire des taxes qui sanctionnent les activités polluantes (énergie, essence, achat...), ne touchent pas la population de la même façon. Selon un rapport du ministère des Finances, la fiscalité verte pénalise trois fois plus les ménages les plus pauvres, car cela représente une part plus importante de leur budget. Par exemple, si une taxe verte augmente le prix d'un produit alimentaire, la personne n'ayant pas beaucoup de moyens verra son budget diminué et devra sans doute faire des concessions, voire se priver de ce produit.

Cette transition doit être un effort collectif et donc rester un projet fédérateur. La solution n'est peut-être pas simple, mais si l'on garde en tête ce point, on a déjà fait un bout du chemin.

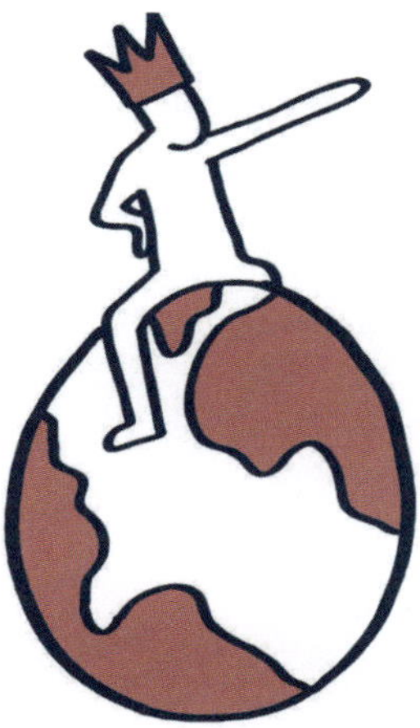

LA POLLUTION
de l'avion

Il s'agit peut-être de l'un des sujets les plus sensibles pour certains jeunes écolos. Comment protéger la planète tout en voyageant aux quatre coins du monde ?

Notre génération a attrapé la fièvre du voyage, que ce soit pour les études avec la multiplication des échanges, ou bien seulement, sac au dos, pour découvrir des endroits inconnus. Dans tous les cas, la plupart de ces voyages se font aujourd'hui en avion. Cette augmentation du tourisme extérieur a un impact considérable sur l'environnement, notamment car l'avion pollue énormément. En 2018, le transport aérien a été responsable d'environ 6 % de l'ensemble des émissions de gaz à effet de serre* d'origine humaine.

Et cette pollution est en constante augmentation compte tenu de la demande qui explose.

Des voix s'élèvent pour dénoncer la situation, d'autant que la croissance de l'aérien va à l'encontre des Accords sur le climat de Paris* (2015) : l'un des objectifs est de voir diminuer les émissions de gaz à effet de serre* de 20 % d'ici à 2030 (GIEC*).

En Suède, l'opposition à l'usage abusif des transports aériens se traduit par un véritable phénomène appelé *flyskam*, c'est-à-dire « la honte de prendre l'avion ». Les Suédois se redirigent en masse vers le système ferroviaire (les trains) pour limiter leur empreinte carbone (voir l'encadré ci-dessous).

L'EMPREINTE CARBONE

L'empreinte carbone mesure la quantité d'émissions de gaz à effet de serre* que produit une activité humaine, pour évaluer la pollution qu'elle dégage. On peut notamment évaluer l'empreinte carbone d'une personne en étudiant les pollutions liées à son mode de vie (alimentation, transports, activités…). Par exemple, prendre un avion émettra 125 fois plus de CO_2 en moyenne que de voyager en voiture ; et 1 500 fois plus que de monter dans un train…

Mais que faut-il faire ? Cette question en amène une autre : sommes-nous prêts à renoncer à quelques voyages pour préserver la planète ? Une question sur laquelle nous avons beaucoup de mal à nous positionner. Difficile de faire des choix éthiques* alors que les prix des billets d'avion sont toujours plus attractifs (il est aujourd'hui possible d'effectuer un aller-retour entre Londres et Paris pour une trentaine d'euros seulement !). Mais nous devons prendre des engagements forts si nous ne voulons pas payer les conséquences climatiques de notre surplus de confort. Les avancées technologiques n'iront pas assez vite pour éviter le pire. Nous devons agir dès maintenant.

Dans un premier temps, nous devons arrêter les voyages aériens que nous pouvons éviter, c'est-à-dire les vols intérieurs. En France, ils représentent plus de 20 % de tous les vols. Une pollution qui peut être empêchée en favorisant le train (inspirons-nous de l'exemple suédois !). Néanmoins, pour encourager ce modèle, l'État doit soutenir les transports ferroviaires et faire cesser la concurrence déloyale de l'avion. Un billet de train à 150 € n'est plus possible dans l'Hexagone alors que le même billet coûtera 40 € en avion.

Dans un deuxième temps, nous devons repenser notre façon de voyager. Nous voulons aller toujours plus vite et nous avons tendance à oublier les kilomètres que nous parcourons. La solution réside peut-être aussi dans l'éducation à voyager plus lentement, où le déplacement peut également faire partie du voyage (voir p. 40). Es-tu prêt à réapprendre à voyager ?

UNE DICTATURE ÉCOLO : *la solution ?*

As-tu déjà entendu parler de dictature écologique ou « écofascisme » ? C'est une théorie apparue en Allemagne à la fin du XIXe siècle. La dictature écologique évoque un mode de gouvernement autoritaire mis en place pour préserver la planète. C'est-à-dire que les populations seraient prêtes à renoncer à leurs libertés pour répondre à l'urgence climatique. S'il fut théorisé il y a bien longtemps, ce concept a tendance à réapparaître dans les débats, car certains voient l'individualité de nos modes de vie comme un danger, puisque cela ne permet pas un changement profond rapidement. Face à la situation écologique actuelle et l'urgence d'agir, ce type de gouvernement est envisagé par certains militants comme une possible solution.

Cependant, cette notion de « dictature » est également employée par les détracteurs des écologistes dès lors qu'une proposition de loi va à l'encontre de leurs habitudes, afin de discréditer celle-ci en pointant sa supposée valeur autoritaire.

Prenons un exemple : quand la mairesse de Paris décide de retirer progressivement l'utilisation de la voiture dans la capitale, certains groupes d'automobilistes dénoncent des mesures non-démocratiques selon eux (c'est-à-dire qui ne prennent pas en compte l'avis de la majorité).

Il est important de séparer ces deux opinions pour se faire un avis.
Le terme « autoritaire » ne peut pas être utilisé pour définir des actions et des décisions écologistes prises par des élus, sous le seul prétexte que les mesures mises en place dérangent notre quotidien. Nous l'avons vu, la transition écologique* ne sera pas un long fleuve tranquille, et notre résilience, c'est-à-dire notre capacité à nous adapter aux nouveaux enjeux climatiques, est très importante. Et l'on doit faire attention à l'utilisation des mots : un élu, par définition, en France tout du moins, a justement été placé au poste qu'il occupe à l'issue d'un vote démocratique, donc d'une expression de la majorité.

Pour ce qui est du vrai concept de « dictature écologique », ce débat met en évidence l'urgence de la situation. Nous sommes si près du gouffre que certains évoquent des mesures drastiques et liberticides (détruisant nos libertés) pour nous sauver. Doit-on en arriver là ? Je ne crois pas.

Les valeurs que transmet l'écologie sont aussi des valeurs humaines.
Une dictature ne peut pas aller de pair avec l'écologie car il est impossible de respecter le vivant dans sa globalité si nous ne respectons pas l'être humain et son droit à être libre. Une dictature ne peut se justifier en aucun cas. Il faut se rappeler que le combat climatique doit être mondial, les pays doivent se rassembler pour se coordonner et s'entraider. Or, une dictature est une forme de repli sur soi, qui revient à se focaliser sur une échelle nationale.

La dictature écologique est donc un danger selon moi. Les libertés individuelles doivent être défendues. Pour autant, il faut accepter que nous allons devoir faire des efforts. Nous devons être prêts à opérer un changement dans notre façon de vivre et de consommer pour être en adéquation avec l'environnement.

Risque-t-on UN EFFONDREMENT ?

C'est une idée qui ne date pas d'hier, mais qui a tendance à réapparaître aujourd'hui avec les mouvements de contestation pour le climat. La théorie de l'effondrement se résume par l'idée d'une répétition de crises qui auraient des conséquences majeures sur notre société, et qui pourraient effacer l'être humain de la planète. Par exemple, la désertification des sols*, le manque d'eau ou encore les catastrophes naturelles pourraient menacer notre existence en créant des situations de chaos, notamment en rendant impossible l'agriculture pour se nourrir. Aujourd'hui, les théoriciens estiment que cela pourrait se produire dès 2050.

Ce concept apparaît pour la première fois en 1972 avec le rapport Meadows dirigé par le Massachusetts Institute of Technology (MIT). Le couple de chercheurs Donella et Dennis Meadows élaborent plusieurs théories sur l'effondrement. Celles-ci se basent sur la croissance économique*, étudiée comme le point central de nos sociétés, mais qui aurait une date de fin. En effet, selon leur rapport, la croissance économique* va arriver à son point culminant dès lors que nous aurons extrait les dernières ressources de matières premières de notre planète, notamment le pétrole. À ce stade, le déclin de la société s'enclencherait avec un manque de nourriture tout d'abord, puis le début de conflits armés.

En 2005, dans son livre *Effondrement*, Jared Diamond réactualise la doctrine en prenant l'exemple des sociétés qui ont été détruites par les activités humaines. Il évoque le cas notamment de l'île de Pâques, dont les habitants auraient provoqué leur propre disparition en pratiquant une déforestation importante, menant à des sécheresses et à l'appauvrissement des sols.

Plus récemment, Pablo Servigne et Raphaël Stevens dans *Comment tout peut s'effondrer* renouvellent la pensée en présentant le concept de collapsologie*, qui est l'étude de l'effondrement. La collapsologie* se veut être un point d'étude rassemblant tous les secteurs de la société pour trouver des solutions face aux conséquences de nos activités.

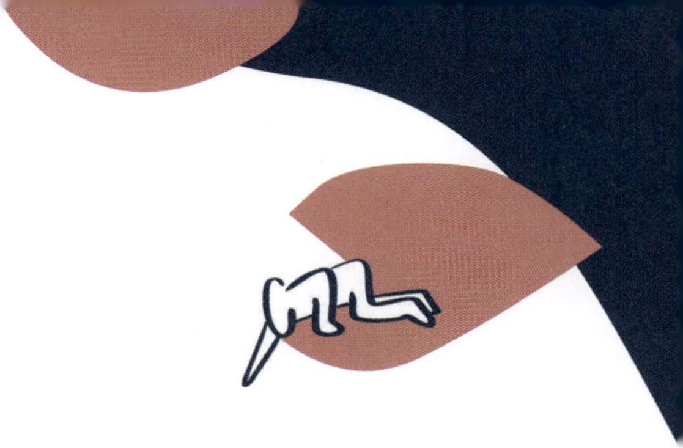

Si certains trouvent la théorie de l'effondrement trop alarmiste, car se basant sur de trop larges suppositions, elle peut aussi s'envisager comme un outil efficace. Elle concrétise en effet ce que notre consommation et la destruction de la planète pourraient causer à l'humanité.

C'est la première fois qu'une théorie explicite la possibilité de l'être humain à s'autodétruire. Nous pouvons (devons même, selon moi) prendre en compte cette théorie pour aller plus loin dans notre engagement. Il nous faut comprendre que si nous ne faisons rien, nous sommes menacés autant que les autres espèces avec lesquelles nous cohabitons. Bien qu'il soit impossible de savoir ce qu'il se passera en 2050, nous pouvons agir pour éviter ce que nous ne voulons pas voir arriver. En freinant la société de consommation, en mettant un terme aux énergies fossiles*, en trouvant un système juste et durable, nous pouvons espérer éviter le pire.

L'ENGAGEMENT :

pro ou anti-système ?

Le niveau d'engagement est sans doute le débat le plus virulent qui agite les engagés pour le climat.

L'écologie s'est rapidement institutionnalisée avec, pour exemple, la création d'un ministère de la Transition écologique. Pour certains, il s'agit d'une grande avancée : l'écologie est placée au-devant de la scène. Pour d'autres, c'est une mascarade, car ils affirment que la défense de la planète ne se fera pas dans notre modèle actuel, c'est-à-dire capitaliste libéral*. Il est vrai que les bases de notre système économique sont, à première vue, opposées aux valeurs écologiques : la recherche constante d'une croissance financière, l'appât du gain, la réussite par l'argent ou encore l'individualisme ne sont pas en adéquation avec une volonté de protection de la planète. Notre vieille économie n'a pas été conçue pour s'occuper des enjeux sociaux ou environnementaux.

De ce fait, il va de soi de dire que nous ne pouvons pas continuer comme ça. Un nouveau modèle est à chercher. C'est la mission que se sont donné certains dans le domaine de l'écologie.

Ces activistes sont la plupart du temps des engagés de longue date qui ont pris la décision d'aller plus loin car leurs actions antérieures n'étaient pas satisfaisantes.

Toutefois, un problème se pose. Comme cette écologie plus radicale s'oppose au système, elle s'oppose donc, de fait, également à ceux qui mènent le combat écologique au sein de ce même système, c'est-à-dire au gouvernement, aux entreprises ou encore à toutes les personnes qui, dans leur vie quotidienne, par leurs actions, si petites soient-elles, soutiennent le combat écologique (c'est ce que l'on appelle la part du colibri*). Bien que les divergences d'opinions puissent être bénéfiques pour mener un mouvement, cette situation précise est néfaste.

Les différents engagés ont tendance à se rabaisser préférant s'opposer plutôt que de s'entendre, quitte à s'anéantir. Je trouve cela bien dommage.

Dans un premier temps, il ne faut pas déconsidérer celui qui s'engage moins que soi. Certains décrédibilisent le « petit colibri* » en jugeant que ses actions ne sont pas suffisantes pour endiguer le réchauffement climatique ou du moins le ralentir. Mais le critiquer est contre-productif à mes yeux. Décourager un individu (notamment les jeunes qui commencent à s'engager) ne le motivera pas à aller plus loin. Au contraire, cela peut créer des tensions et du découragement.

Néanmoins, il est important de comprendre que les petites actions du quotidien ne sont pas une finalité. Il est nécessaire d'aller plus loin et d'opter pour des politiques ambitieuses pour le climat, afin d'éviter les catastrophes naturelles qui pourraient arriver. Certaines multinationales et certains gouvernements ont tendance à cantonner l'écologie à la responsabilité du citoyen (qui doit trier ses déchets ou prendre des douches courtes) pour se dédouaner de la transition écologique. Or, recycler tout en continuant à produire et consommer autant de plastique n'est pas une solution durable. Contrairement donc à ce que voudraient les grands groupes, nos actions quotidiennes ne doivent pas se dépolitiser. S'engager en politique, voter et faire pression sur les élus (voir p. 86) et les entreprises permettra d'établir le système qui aidera la planète.

À retenir donc : il n'y a pas qu'une seule écologie, et tous ceux qui s'engagent doivent être reconnus et respectés. Les divergences peuvent même être une force car l'écologie devient alors un sujet global et inévitable, peu importe l'échelle à laquelle elle est pratiquée. La diversité des formes de luttes écologiques est une grande force, nourrissons-la.

S'y connaître (un peu)

EN DROIT

Le droit est partout. C'est ce qui façonne les lois, les règlements, les normes. C'est ce qui définit nos libertés, nos droits et notre citoyenneté. C'est ce qui a permis de façonner notre société, et qui la fait perdurer aujourd'hui.

Pour autant, la conception du droit et sa mise en pratique ne sont pas parfaites. Il est difficile de comprendre pourquoi, et comment, des géants pétroliers peuvent esquiver les condamnations après des naufrages de leurs navires par exemple, tandis que certaines associations écologiques sont traînées en justice pour diffamation.

Si le droit français et international protège nos libertés, il est nécessaire de pouvoir remettre en question certaines décisions, et ainsi faire évoluer les instances juridiques. Expérimentés ou non, nous pouvons tous participer à ce que l'on appelle la « justice climatique ».

LE DROIT
comme une ressource

Si certains voient le droit comme la chasse gardée des classes plus aisées et du pouvoir en place, d'autres tentent de se réapproprier cet outil pour obtenir des avancées pour l'environnement. C'est ainsi que la justice climatique prend racine. Dans son sens large, cette justice rassemble toutes les plaintes et actions juridiques que les citoyens ou les associations ont intentées contre leur gouvernement dans le but de dénoncer son inaction face au dérèglement climatique. Il s'agit d'utiliser le droit comme un outil pour faire pression et ainsi accélérer une transition écologique qui peine à se mettre en place.

En effet, dans un État dit de droit, les gouvernements sont soumis aux mêmes lois que le citoyen. De cette manière, le droit peut montrer que le gouvernement ne répond pas à son devoir, celui de protéger ses habitants. Les gouvernements ne sont pas les seuls à pouvoir être remis en cause. Les entreprises les plus polluantes, comme les compagnies pétrolières, sont également de plus en plus visées par ces actions en justice.

D'après un rapport de la LSE (université anglaise de sciences économiques, sociales et politiques basée à Londres), plus de 1 300 plaintes ont été rédigées pour des raisons environnementales dans le monde depuis 1990, dont les trois quarts aux États-Unis.

Mais pourquoi porter plainte ?

D'après ce même rapport, le but recherché dans ces actions juridiques est d'obliger le législateur (celui qui fait les lois) et les entreprises à prendre en compte l'impact environnemental* dans leur réflexion. Dans le cas des plaintes visant des entreprises polluantes, celles-ci cherchent également à exiger des compensations financières pour dommages et intérêts.

Grâce à ces pressions, les plaignants espèrent faire modifier les lois et obliger l'État à être plus ambitieux dans ces objectifs climatiques. De plus, de manière indirecte, les actions juridiques jouent un rôle de sensibilisation de la population grâce à la forte médiatisation que ces recours peuvent avoir.

Plus simplement : si les gouvernements et les entreprises s'aperçoivent que négliger l'environnement lors de leurs prises de décisions et actions les mène ensuite à devoir systématiquement se défendre devant un tribunal, il y a des chances qu'ils y veillent plus.

« L'AFFAIRE DU SIÈCLE »

C'est le nom que porte le recours en justice contre la France pour son inaction face au dérèglement climatique, porté par Greenpeace (voir p. 121), Oxfam, la Fondation Nicolas Hulot (voir p. 120) et Notre Affaire à tous (voir p. 123) et signé par plus de 2,3 millions de Français depuis 2019. Ce recours tente de faire reconnaître juridiquement le manque d'actions et d'ambitions de nos dirigeants français face au climat.

LA PLACE
des jeunes

La justice climatique semble être un levier pour permettre d'accélérer la transition écologique* en mettant nos gouvernements et nos entreprises face à leurs responsabilités. Pour la quasi-majorité des recours présentés, c'est le travail de juristes ou d'avocats qui a permis la réalisation de ces actions. Alors où est la place des jeunes dans ce sujet complexe ? Devons-nous faire des études de droit pour pouvoir nous engager pour le climat ?

Bien que les recours en eux-mêmes requièrent une expertise professionnelle, nous avons un rôle à jouer, notamment en incarnant ces recours. En 2019, Greta Thunberg présente, avec quinze autres jeunes, un recours pour inaction climatique visant cinq pays, dont la France.

À travers cette médiatisation, ils ont envoyé un signal très fort. L'inaction climatique a atteint un tel niveau que nous, les jeunes, devons prendre nos responsabilités pour pousser les gouvernements à faire leur travail. Certains peuvent dénoncer un « monde à l'envers », où les jeunes prendraient la place des magistrats, mais il s'agit d'une action forte symboliquement. Nous prenons notre place dans un sujet qui nous touche à juste titre, puisqu'il concerne notre avenir. Et nous ne devons pas laisser des décisions politiques menacer notre futur.

Cette incarnation de la justice climatique ne se réduit pas uniquement à des recours, mais concerne toutes les grandes conférences et sommets pour le climat. Plus il y aura de jeunes

QUI EST GRETA ?

Greta Thunberg est une jeune Suédoise, rapidement devenue un symbole dans la lutte climatique. Tout commence en novembre 2018, lorsqu'elle décide de lancer une grève scolaire pour le climat. Celle-ci estime qu'il n'y a aucune raison d'aller à l'école si nos décideurs politiques détruisent notre futur, en ne prenant pas au sérieux le dérèglement climatique. Cette prise de position va propulser Greta dans les médias du monde entier, et faire réagir les décideurs politiques. En 2019, plusieurs millions de jeunes descendent dans la rue pour rejoindre son combat. Elle leur a permis d'être mieux considérés à l'échelle politique.

qui s'impliqueront dans les négociations climatiques, plus nous nous ferons entendre. Chaque année, des structures – comme l'association des Jeunes ambassadeurs pour le climat (JAC, voir p. 122) – permettent à des jeunes sélectionnés de participer aux COP*, comme ce fut le cas pour la COP21*, à Paris, en 2015.

Pour pouvoir participer à la négociation climatique, il faut nous intéresser à la façon dont les lois sur le climat sont passées, faire pression en faveur des motivations écologiques, ou encore nous opposer aux lobbies (voir p. 98) économiques. Certains groupes locaux comme Youth For Climate (voir p. 123) proposent des formations pour tous les âges à cette négociation climatique.

Plus généralement, il est indispensable de s'impliquer dans l'éducation, notamment des plus jeunes, sur l'environnement, c'est-à-dire la sensibilisation aux enjeux climatiques. L'Italie est le premier pays à proposer un cours obligatoire d'éducation environnementale pour tous les niveaux scolaires. On y apprend les dangers du dérèglement climatique, les solutions à mettre en place, mais aussi la résilience (la capacité à s'adapter) face à ces changements.

POUR UN RÉVEIL ÉCOLOGIQUE

En 2018, un manifeste pour un réveil écologique a été créé et signé par plus de 30 000 étudiants souhaitant mettre les enjeux environnementaux au cœur de leurs études, de leur futur travail et de leur quotidien. Aujourd'hui, grâce au succès de ce manifeste, les étudiants à l'œuvre se sont regroupés en collectif et mettent en place des outils pour aider les jeunes à se former et à influencer les employeurs, afin qu'ils prennent en compte les enjeux écologiques.

Faire évoluer LE DROIT

Pourquoi s'engager à défendre la biodiversité* si l'instance juridique, la Constitution française, qui protège nos libertés, ne prend pas en compte la protection de l'environnement ? En effet, la Charte de l'environnement (texte intégré à la Constitution en 2005) ne permet pas, à l'heure où j'écris, une réelle et totale défense de la cause écologique, juridiquement parlant.

Dans la loi, les mots sont importants. Or, dans la réforme constitutionnelle voulue par le président Emmanuel Macron, les députés ont voté le 13 juillet 2018 pour que soit indiqué dans l'article 1 de la Charte que : la République « agit pour la préservation de l'environnement et de la diversité biologique, et contre les changements climatiques. »

Mais, en août 2019, cette même révision constitutionnelle a été modifiée. L'environnement y figure toujours, mais la phrase a été remplacée par : la République « favorise la préservation de l'environnement, la diversité biologique et l'action contre les changements climatiques. »

Petit cherche et trouve ! Quelle est la différence ? Un simple mot a été changé : « agit » devient « favorise » et cela a un impact majeur pour l'environnement. En remplaçant agir par favoriser, l'État n'est plus dans l'obligation d'agir pour la planète, mais seulement d'inciter. Ce qui retire l'aspect juridique de contrainte. Ainsi, le gouvernement évite toutes les potentielles plaintes pour inaction

climatique qui auraient pu naître de cette révision de la Constitution dans la première version.

Face à cette manipulation des mots, il faut réagir et faire en sorte que nos instances juridiques prennent en compte de manière sérieuse la protection de l'environnement. C'est le travail de la coalition « Notre constitution écologique » qui regroupe plusieurs associations et tente de faire écrire dans la Constitution que « la France est une République indivisible, laïque, démocratique, sociale, solidaire et écologique. » Entre autres, ce collectif soutient la notion de limites planétaires et de non-régression : c'est-à-dire limiter l'exploitation des ressources en prenant en compte leur rareté, et faire en sorte qu'aucune loi moins protectrice pour l'environnement que celles déjà en vigueur ne soit mise en place. Lorsque j'écris ces lignes, plus de 100 000 citoyens ont déjà rejoint l'appel pour une Constitution écologique.

Ne pas dépolitiser SON ENGAGEMENT

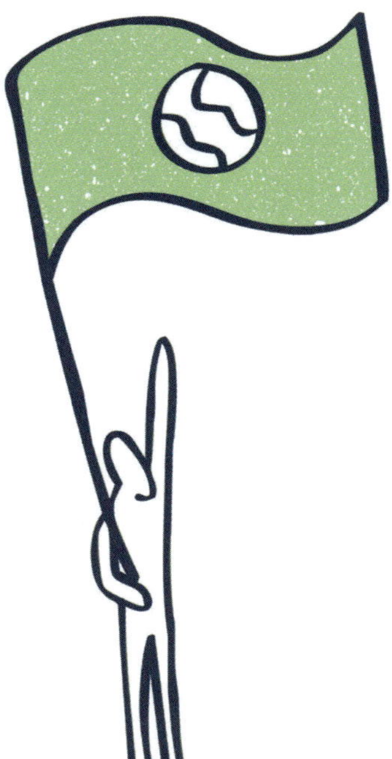

Peut-on s'engager pour la planète sans se politiser ? Aujourd'hui, je souhaite affirmer que non. Toutes les actions en faveur de l'environnement doivent être politiques pour être entendues. Cela est primordial pour combattre et amplifier le pouvoir de notre engagement. Mais je ne parle pas d'engagement concret en politique. Ce n'est pas cela « politiser son message ».

Par politisation, j'entends la volonté d'élever le sujet de la protection de l'environnement au niveau sociétal, au niveau politique. Concrètement, chaque combat, lutte ou action du quotidien doit se faire entendre le plus fort possible. En lançant une pétition, en marchant dans la rue, en désobéissant, nous politisons notre message.

Nous faisons de la protection de la biodiversité et du vivant un sujet majeur et inévitable de nos sociétés. À l'échelle de notre citoyenneté, nous allons voir comment s'engager concrètement pour faire entendre nos revendications.*

L'importance DES MARCHES

Depuis la première grève scolaire et marche pour le climat, instiguée par Greta Thunberg (voir p. 82) en 2018, les marches ont rassemblé des millions de jeunes à travers le monde entier. C'est la toute première fois qu'autant de jeunes participent à des démonstrations citoyennes autour d'un même sujet. Il s'agit d'un fait historique. Les jeunes ont pris conscience que le dérèglement climatique n'est pas un sujet de second plan, et que nos femmes et hommes politiques doivent en faire une priorité.

Pourtant, après un an de marches aux quatre coins du monde, on est en droit de se demander ce qui a réellement changé dans notre société, à savoir quelles actions nos gouvernements ont entreprises. La réponse peut être assez décevante. Aujourd'hui, très peu de pays ont pris de véritables engagements en faveur du climat. Les pays européens ont beaucoup de mal à sortir d'un système qui tourne autour de l'économie et nos gouvernements n'ont pas encore le courage pour de fortes actions. Devons-nous dire pour autant que les marches n'ont servi à rien ?

Eh bien, non. Les marches ont eu un réel impact. Un impact qui est cependant difficile à évaluer. En effet, le fait d'avoir fait grève et d'avoir passé des après-midi dans la rue a permis de sensibiliser la population. Les marches pour le climat ont été une plateforme impressionnante pour diffuser le message d'urgence climatique. Et bien que nos gouvernements n'aient pas encore pris d'engagements ambitieux, nous avons fait de ce combat un sujet indiscutable et inévitable.

Les gouvernements vont devoir s'adapter s'ils souhaitent répondre aux attentes des citoyens. Les marches ont révélé que les jeunes étaient prêts à s'engager pour la planète : nous sommes conscients des enjeux sociétaux et souhaitons être pris au sérieux.

Les marches ont été une première étape, mais elles ne suffisent pas et doivent être accompagnées d'autres actions pour pouvoir pousser le levier du changement.

Le vote et LA POLITIQUE

La première étape dans cet engagement citoyen passe par les urnes. Alors, bien sûr, il faut avoir 18 ans pour voter. Si tu n'as pas encore l'âge légal, tu devras patienter un peu avant de faire entendre ta « voix » politique. Mais quand le moment sera venu, fais-le ! N'hésite pas car, malheureusement, les jeunes ne répondent pas souvent présents à cet appel.

Selon l'INSEE*, « parmi les 18-29 ans, moins de 2 inscrits sur 10 ont voté à tous les tours des élections de 2017 ». L'analyse poursuit en évoquant : « Voter aux deux tours de la présidentielle et s'abstenir aux législatives est un choix plus fréquent chez les jeunes électeurs que chez les plus âgés. »

Pourtant, quand on parle d'élections, on ne parle pas uniquement des élections présidentielles (auxquelles nous sommes déjà plus nombreux à participer). Plusieurs autres rythment la vie politique française. Nous avons les municipales, pour élire nos maires, les départementales pour élire les membres du conseil départemental, les législatives pour élire nos députés, les sénatoriales pour le Sénat, les Européennes pour nos députés européens ainsi que les régionales pour élire nos présidents de régions.

Et chaque élection est importante dans le combat pour la planète. En effet, à chaque échelle politique, nos élus ont des prérogatives, c'est-à-dire des pouvoirs, pour mettre en place des politiques ambitieuses pour notre environnement. Le président ne décide pas de tout. Nous devons avoir des élus qui placent l'écologie au centre et cela est possible grâce au vote.

De manière plus concrète, c'est en votant aux municipales, que tu éliras un maire qui favorisera les pistes cyclables, limitera les voitures ou fera fleurir des jardins dans ta ville. Durant les élections régionales, tu décideras si tu veux promouvoir l'investissement dans les transports en commun, ou encore si tu souhaites que les agriculteurs de ta région bénéficient d'aides pour faire une transition vers le biologique. Et en donnant ta voix lors des élections européennes, tu décideras de la ligne que prendra l'Union européenne dans la lutte contre le changement climatique, un pouvoir non négligeable, car les lois européennes influencent les lois nationales.

Selon le Programme des Nations Unies* pour le Développement (PNUD*), le fait que les jeunes participent moins au processus électoral, « renforce également les stéréotypes qui considèrent les jeunes comme désintéressés de la politique (...) ». Participer aux élections, c'est montrer alors que nous ne voulons plus être considérés comme trop jeunes pour nous intéresser aux enjeux politiques. Le changement climatique touche tout le monde et c'est notre avenir qui est en jeu.

« UNE SOCIÉTÉ QUI SE COUPE DE SA JEUNESSE SE COUPE DE SA SOURCE DE VIE ET SE CONDAMNE À MORT. »

KOFI ANNAN, ANCIEN SECRÉTAIRE GÉNÉRAL DE L'ORGANISATION DES NATIONS UNIES*

Rencontre avec Julien Bayou

La politique a l'un des rôles les plus importants dans la transition écologique. En effet, c'est grâce à des prises de position et des actions courageuses que l'on pourra réellement transformer notre société. Peu importent les sensibilités politiques, l'écologie doit être au centre des décisions. Secrétaire national d'Europe Écologie les Verts et conseiller régional d'Île-de-France quand je l'ai rencontré, Julien Bayou l'a bien compris. Il tente de faire de la protection de l'environnement une priorité.

Quelle est ta mission au sein d'Europe Écologie Les Verts ? Quel a été ton parcours pour parvenir à cette position ?

J'ai rejoint Les Verts il y a une dizaine d'années, quand ils se sont ouverts à d'autres parcours. Je suis rentré dans ce parti par le social, par la question du logement. J'ai compris que l'écologie pouvait faire système. Ensuite, les électeurs et les différents congrès m'ont fait confiance pour être leur porte-parole. Aujourd'hui, avec le succès des Européennes de 2019, cela fait plaisir de voir que l'écologie est au cœur des préoccupations.

Quel est le rôle du politique dans la transition écologique* ?

Le politique doit faire la transition entre un système capitaliste* qui recherche le profit, avec la croissance comme moteur, impliquant la destruction de la planète et l'asservissement de milliers de femmes et d'hommes, et un système de prospérité partagée réglant à la fois les problèmes de dérèglement climatique et les inégalités. Pour ça, le politique est essentiel car, bien que l'on ait besoin de la motivation de chacun et des associations, si l'on se contente de moins prendre l'avion ou de changer son régime alimentaire sans mettre en place les barrières pour protéger le bien commun*, on va rater le coche. L'économie et la finance doivent être au service du réel, du bien commun*.

Est-il vrai que sans politique écologique, il est impossible d'éviter le désastre climatique vers lequel nous évoluons ?

Oui, malheureusement, il faut être très clair : le rythme auquel nous émettons des émissions de gaz à effet de serre* rend la survie de nos sociétés improbable. Je pense que ce n'est pas possible de tenir dans un régime démocratique quand une poignée a tout et que le reste n'a rien. Il est invraisemblable que certains puissent fuir la canicule en jet privé, tandis que d'autres manquent d'approvisionnement en nourriture du fait de la chaleur. Le désastre climatique, ce sont les plus pauvres qui vont le subir. Donc les politiques doivent répondre à l'enjeu des inégalités.

Que répondre à ceux qui voient l'écologie en politique comme une histoire de classes aisées ? Est-il possible de faire une transition écologique* et sociale ?

Non seulement c'est possible, mais c'est le seul moyen. Ce sont les pays les plus riches qui sont responsables du dérèglement climatique et ce sont les plus pauvres qui en sont les premières victimes. Il faut changer de modèle. Investir dans la transition écologique*, c'est comme offrir un 13e mois aux Français en réduisant leur facture d'électricité et en finançant l'agriculture biologique pour la rendre moins chère, par l'investissement dans les énergies renouvelables.

Par quels moyens peut-on motiver les jeunes à voter ?

Aux Européennes de 2019, on a été très heureusement surpris en constatant que la jeunesse a massivement voté écolo. On voyait la jeunesse dans la rue, sur l'Affaire du siècle (voir p. 81), mais on pouvait se demander si elle irait voter. Eh bien, oui ! Car la jeunesse attend des actes et pas uniquement des discours. Je pense que c'est comme ça que l'on peut la convaincre. Il faut démontrer qu'il y a une continuité entre l'action individuelle, l'action collective, la désobéissance civile (voir p. 108) et l'action dans les institutions. Il faut démontrer que l'engagement politique est utile à l'écologie.

Quelles seraient les décisions politiques à mettre en place dès maintenant pour limiter les conséquences du dérèglement climatique ?

On propose un Green New Deal* européen, que l'on peut décliner au niveau national, pour investir massivement des milliards d'euros dans la transition. On a été capable de le faire pour sauver des banques (voir l'encadré ci-dessous), eh bien faisons-le maintenant pour sauver le climat, pour créer des emplois et réduire les inégalités. L'idée est de financer les énergies renouvelables, l'agriculture biologique et d'assurer un meilleur revenu aux agriculteurs. Il ne s'agit pas d'une contrainte mais bien d'une solution.

LA CRISE DE 2008

En 2008, une crise économique d'ampleur a fait trembler le monde. Aux États-Unis, les banques ont pris d'importants risques financiers sur les prêts immobiliers des particuliers et lorsque ceux-ci n'ont pas pu rembourser leurs prêts, les banques ont perdu beaucoup d'argent, ce qui a fait fuir les investisseurs. De grandes banques américaines ont fait faillite. La crise est alors devenue mondiale. Pour tenter de protéger l'économie, les gouvernements ont soutenu financièrement les banques pour tenter de les sauver.

Comment différencier les programmes politiques qui font semblant de s'intéresser à l'écologie et les véritables volontés écologistes ?

C'est une bonne question. Aujourd'hui, tout le monde joue au « plus vert que moi, tu meurs » ! Selon moi, c'est assez simple : c'est la personne qui prend un risque, même un petit. En fait, aujourd'hui, ce n'est pas un risque que de se dire écolo, c'est même le contraire. Mais quand il s'agit de faire le moindre geste, la moindre action, bien souvent, il n'y a plus personne.

Je pense notamment à l'exemple de la condition animale. On a des pratiques extrêmement cruelles comme le broyage de poussins mâles, l'entassement des poules, la castration à vif des porcelets. Et quand on demande à la population si elle est d'accord pour venir en aide aux agriculteurs pour faire changer la pratique, la réponse est clairement oui. Pourtant, au moment des changements de la loi sur ces sujets, la majorité des députés s'est abstenue. C'est comme pour tout : les discours, c'est bien, mais ce sont les actes qui importent réellement.

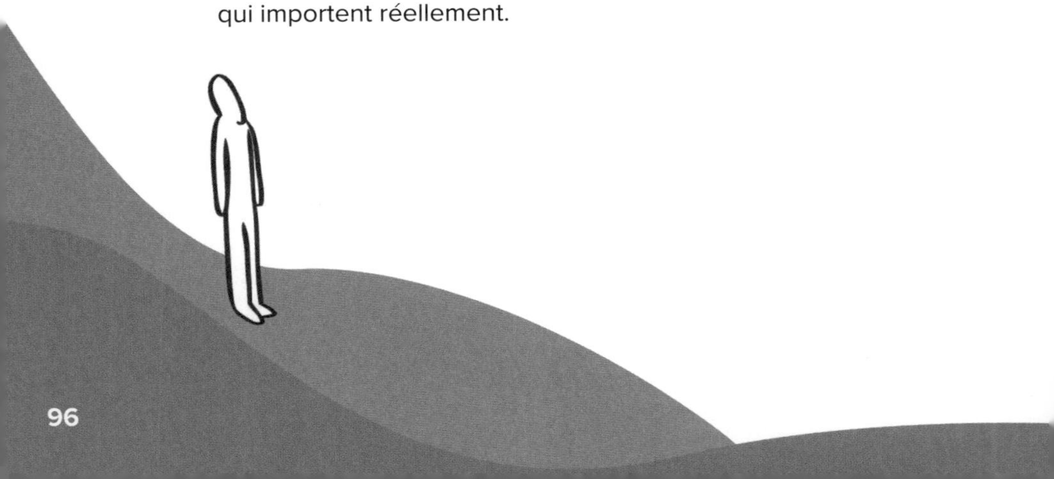

La politique actuelle peut-elle réellement changer les choses dans un système capitaliste libéral* ?

Si on entend par libéral*, l'aide aux entreprises à toujours accroître l'activité dans la recherche du profit, alors non, ce n'est pas compatible. L'écologie, c'est réorienter l'économie vers le bien commun*. C'est aider les entreprises dans la transition, c'est développer des réseaux comme les AMAP (voir p. 140), tout en posant des critères. L'objectif n'est pas antiéconomique, ou anti-entreprises. L'objectif est de définir des obligations sociales et environnementales que les entreprises devront respecter pour toucher des aides gouvernementales. Aujourd'hui, ce n'est pas le cas.

Comment imagines-tu le monde en 2050 ?

En 2050, j'aurai 70 ans, Greta Thunberg (voir p. 82) aura 47 ans. Nos prédécesseurs disaient de protéger la planète pour les générations futures. Aujourd'hui, elles sont là, elles se battent, il faut les mettre au pouvoir. Ce sont les choix que l'on va faire dans les prochaines années qui vont déterminer ce que sera le monde en 2050. Réorientons l'économie au service du bien commun*, et faisons ce cadeau aux générations actuelles et futures. Laissons-leur en héritage une Terre où il fait bon vivre.

LE LOBBY
citoyen

Après le vote, il faut agir plus concrètement. Nous ne pouvons pas attendre chaque élection pour nous engager. On risque d'être déçu. Le vote indique aux élus la direction vers laquelle on souhaite que notre pays se dirige. C'est primordial, mais si nous voulons voir de réels changements, il faut ensuite faire pression de manière constante sur le gouvernement.

De nombreux acteurs économiques très puissants tentent de préserver leurs intérêts individuels et, pour cela, agissent en lobbies (voir la définition dans l'encadré ci-dessous). Pour nous défendre, pour protéger la planète, il faut désormais que nous agissions nous aussi en lobby citoyen, afin de ne pas laisser passer de lois climaticides*.

Cet engagement se forme au niveau local, au sein même de notre ville. Il faut se saisir des outils que nous avons à notre portée.

Le but est de faire entendre notre voix pour contrebalancer les intérêts des entreprises, qui ont tendance à aller à l'encontre de l'intérêt général pour satisfaire leur propre intérêt. Cette pression citoyenne doit se poursuivre tout au long du mandat de nos élus. Que ce soit notre maire, le président de région ou nos députés, nous devons pousser chacun d'entre eux à prendre en compte notre futur.

C'EST QUOI, UN LOBBY ?

Un lobby est une organisation qui rassemble des membres aux intérêts communs et qui vont travailler ensemble pour faire pression face aux décideurs politiques. Par exemple, les producteurs de plastique vont se rassembler pour pouvoir défendre l'utilisation du plastique. Le lobby est autorisé quand il est transparent et référencé comme tel. Cependant, certains lobbies n'hésitent pas à sortir les billets pour faire plier les décideurs, ce qui est interdit.

Aujourd'hui, il y a peu de jeunes au sein des assemblées municipales ou des consultations citoyennes. Pourtant, nous avons aussi notre mot à dire dans ces décisions, et les marches pour le climat ont montré que nous en étions capables. Dès 18 ans, il est possible d'intégrer les instances civiles. Il ne faut donc pas hésiter à se lancer afin de porter partout le débat sur l'environnement.

Mais cela peut sembler plus facile à dire qu'à faire. Comment exercer une pression sur son maire quand on a 18 ans ou à peine plus ? Comment être pris au sérieux ? Avant tout, il ne faut pas douter de soi. Ce n'est pas parce que nous sommes jeunes que nous ne comprenons pas les enjeux. Ayons confiance en nous ! Voici trois étapes clés pour agir et interpeller sa mairie !

Tourne la page pour découvrir les étapes clés !

Étape 1 : défendre une cause locale

Une mairie ne peut pas faire de miracles et ne peut pas agir à tous les niveaux : elle a des compétences bien définies pour gérer la ville. Il est donc nécessaire de choisir une cause bien précise, avec une demande spécifique pour pouvoir la soumettre aux élus locaux. Réclamer à son maire une ville moins polluée ou sans voiture n'a pas beaucoup de chances d'aboutir. Des demandes trop imprécises ne peuvent mener qu'à des engagements vagues.

Ainsi, pour voir sa proposition examinée et étudiée, il faut qu'elle soit détaillée et concrète : demander des composts dans un parc, une voie piétonne dans une rue définie, plus de vélos en libre-service dans des zones mal desservies... Ces requêtes ont plus de chances d'être réalisées car elles ont un but précis.

Attention, cela ne signifie pas qu'il faut renoncer à vouloir des changements en profondeur dans sa ville. Simplement, pour cela, il vaut mieux rejoindre des associations ou des groupes institutionnalisés qui exercent un lobby citoyen quotidien et qui, en réunissant un grand nombre de personnes, donc d'influences, permettent des changements concrets.

Tu as trouvé ta cause ? Il faut maintenant trouver son destinataire.

Étape 2 : trouver le destinataire

En fonction de ta demande, les destinataires ne seront pas les mêmes, car l'organisation politique est assez complexe et plusieurs acteurs entrent en jeu. Pour un projet concret dans une ville, ton destinataire sera ta mairie. Pour ce qui est des services plus étendus, comme les transports, il se peut que ton destinataire se situe au niveau régional ou départemental. Par exemple, la RATP qui gère les transports parisiens est sous le contrôle de la région Île-de-France et non pas de la mairie de Paris. Dans les grandes villes, tu as également la possibilité de te diriger vers des mairies d'arrondissements, ce qui permet un contact plus direct. Tu ne t'y retrouves pas ? Tu ne sais pas à qui t'adresser ? Va au plus simple et contacte ta mairie : elle te redirigera si elle n'est pas compétente sur le sujet qui te préoccupe.

Et ensuite... sois motivé ! Obtenir un entretien et se faire entendre peut être long et difficile. La taille des villes joue aussi. Dans les grandes métropoles, les mairies sont souvent moins disponibles aux demandes, notamment si elles émanent de jeunes. Si ta démarche n'aboutit pas, il faudra utiliser les gros moyens, c'est-à-dire mobiliser la population de ta ville.

Étape 3 : agir à plusieurs

Il faut être lucide : les mairies reçoivent de nombreuses sollicitations et certaines ne vont pas se sentir concernées par des revendications individuelles – ce qui est bien dommage. Toutefois, ton projet est forcément soutenu par d'autres habitants. Il faut aller à leur rencontre et recueillir leur soutien pour montrer à la mairie qu'il s'agit d'une volonté commune à l'ensemble de la population.

Un bon moyen d'y parvenir est l'utilisation de la pétition. Qu'elle soit papier ou virtuelle, la pétition va permettre de comptabiliser les soutiens. C'est un argument de poids face à la mairie.

Un dernier conseil ! Quoi qu'il arrive, ne laisse pas tomber. Les démarches administratives peuvent être longues et fastidieuses, mais ta détermination sera un levier pour obtenir gain de cause. Et si tu veux la jouer stratégique, tu peux également faire pression en période électorale. Les élus sont beaucoup plus attentifs lorsqu'il s'agit de conserver leur poste...

S'ENGAGER

avec les acteurs écologiques

La transition écologique ne pourra pas se faire uniquement à l'échelle individuelle. En effet, l'urgence de la situation évoquée par les scientifiques du GIEC* nécessite des actions immédiates. Aujourd'hui, lorsqu'il s'agit d'environnement, les gouvernements et les entreprises ne considèrent pas l'avis du citoyen, ou alors très peu. Les intérêts économiques prennent toujours le dessus. Pour changer la situation, il est important de se mobiliser. Cette mobilisation se doit d'être collective pour devenir un contre-pouvoir citoyen capable d'inverser les rapports de force. Il est possible pour cela de rejoindre des associations ou des groupes de travail. Ceux-ci peuvent se concentrer sur différentes thématiques : la mobilisation étudiante, la désobéissance civile, le boycott ou la négociation climatique.*

LA MOBILISATION
en ligne

Mon engagement pour la planète, c'est-à-dire le passage de mon changement individuel à des actions élargies, est passé par la création de plusieurs pétitions. Tu en as peut-être déjà signé une ? Grâce à elles, j'ai pu comprendre la nécessité de porter nos combats aux yeux de la société.

Certains pensent que les pétitions ne servent à rien, qu'elles sont impuissantes face à nos gouvernements ou nos entreprises. Je ne suis pas d'accord : j'ai découvert que la pétition avait un fort pouvoir de pression. Certes, seule, elle ne suffit pas, mais elle peut être une base solide.

Tout commence en 2015, quand j'apprends que les forêts d'Indonésie et de Malaisie disparaissent pour qu'on puisse planter des palmiers à huile. Je prends alors conscience que je participe à cette déforestation. En effet, lorsque j'ouvre les placards de ma cuisine, je me rends compte que l'huile de palme est partout : pâte à tartiner, biscuits… Je me sens coupable, responsable de ne pas avoir su plus tôt. Puis je me dis que je ne dois pas être le seul dans cette situation.

C'est à cet instant que je décide de lancer mes deux premières pétitions visant Nutella® et LU®, emblèmes de mon enfance, pour leur demander de supprimer l'huile de palme de leurs produits. Aujourd'hui, plus de 400 000 personnes ont signé ces pétitions.

J'entends déjà ton : « Et alors ? Il y a toujours de l'huile de palme dans le Nutella® et les biscuits LU®. » Oui, très juste. Mais les pétitions ont permis de remettre le débat autour de cette huile au centre de la scène médiatique. Et je peux te dire que le combat n'est pas fini.

Grâce à mes pétitions, j'ai pu discuter avec des centaines de personnes motivées pour changer, des experts en protection des forêts, mais aussi des lobbies (voir p. 98) de l'huile de palme – pas contents –, des représentants de Ferrero® (pour Nutella®) ou Mondelez® (pour LU®) – pas contents non plus ! Tous ont accepté d'échanger sur le sujet. Aujourd'hui, l'utilisation d'huile de palme dans les biscuits baisse et plusieurs entreprises s'engagent même à la supprimer totalement de leurs produits. La mention « sans huile de palme » est devenue un vrai argument de vente auprès des consommateurs.

À partir d'une pétition, je suis passé de jeune conscient à jeune conscient et engagé. La pétition est un outil redoutable, mais pas une finalité. Elle représente un support mais il est important d'additionner plusieurs modes d'actions.

Si tu t'intéresses aux enjeux de l'huile de palme, tu trouveras plus d'infos sur lejeuneengage.com

Rencontre avec Sarah Durieux

Sarah Durieux est la directrice de Change.org, une plateforme de pétitions en ligne qui permet de s'engager à distance par le biais d'une signature électronique. C'est sur cette plateforme que j'ai lancé mes deux premières pétitions. Elle a répondu à la question suivante :

Que représente la pétition pour un jeune qui souhaite s'engager et veut aller plus loin que l'indignation ?

Lorsque l'on est face à une injustice, on se sent souvent démuni. On peut avoir envie de poster quelque chose sur les réseaux sociaux, mais cela donne souvent l'impression de hurler dans le vide et ne résout pas le problème. Et lorsque l'on apprend de nouvelles injustices, qui viennent s'ajouter à la première déjà source d'une indignation non apaisée, c'est un sentiment de frustration qui apparaît.

Avec la pétition, on a la possibilité de changer l'indignation en action. Pour la mettre en œuvre, on doit prendre acte d'une situation d'injustice et réfléchir à une question simple : « Que dois-je demander et à qui pour que cette injustice cesse ? »

Cela nous pousse à réfléchir à quels leviers activer pour mettre fin à ce qui nous semble anormal. On se retrouve dans une posture active où l'on n'est plus spectateur ou victime de l'injustice : on devient véritablement acteur du changement.

Une fois la pétition en ligne, le fait de voir d'autres personnes la signer nous permet de lutter contre le sentiment d'isolement. On comprend que l'on n'est pas seul à trouver une situation inacceptable et on se rend compte du pouvoir que l'on a lorsque l'on se rassemble.

Avec Change.org notamment, on va au-delà du simple texte mis en ligne où l'on clique pour apposer sa signature. On fait partie d'une communauté de signataires et la personne qui lance la pétition peut interagir avec celles qui ont rejoint la campagne pour leur proposer des actions, les informer des avancées, mais aussi demander leur avis sur la poursuite de la campagne. Ce sentiment de communauté d'action est ce qui a guidé la plupart des mouvements pour le changement. Cette capacité à se retrouver pour se dire : « OK, qu'est-ce qu'on fait maintenant ? »

L'intelligence collective est vraiment au cœur d'une action de mobilisation citoyenne, et la pétition devient le centre de la mobilisation en permettant aux gens de s'organiser autour d'une demande commune. C'est ce qui donnera du poids auprès des décideurs politiques ou des entreprises : ce n'est pas une personne isolée qui parle, mais un groupe soudé et organisé qui a toute légitimité. La pétition est un outil efficace de campagne mais pas seulement : c'est le début de l'histoire d'un groupe de personnes qui se rassemblent et vont tisser des liens forts.

Retrouve l'engagement de Sarah Durieux dans son ouvrage Changer le monde – Manuel d'activisme pour reprendre le pouvoir *aux éditions First.*

La désobéissance CIVILE

Participer aux élections, se mobiliser à l'échelle locale ou encore sur Internet, certains diront que cela n'est pas suffisant, que l'urgence climatique à laquelle nous faisons face exige des actions plus fortes pour créer des changements rapidement. Il est vrai qu'il est important de diversifier nos façons d'agir. Aujourd'hui, un nouveau moyen de se faire entendre apparaît : la désobéissance civile.

Cette forme d'engagement s'offre à ceux qui ne trouvent pas leur compte dans les actions de sensibilisation traditionnelle, à ceux qui souhaitent déranger et qui sont prêts à sortir de leur zone de confort pour alerter sur la situation. En clair, la désobéissance civile est le refus de se soumettre à une loi que l'on trouve injuste, envers soi ou un groupe.

Ce concept n'est pas nouveau : Henry David Thoreau, un philosophe américain, l'évoque dans un essai en 1849, après qu'il a été jeté en prison pour avoir refusé de payer ses taxes. Il ne voulait pas que son argent serve à financer une guerre au Mexique.

L'idée date donc un peu, mais le débat sur cette forme d'action reste entier. Peut-on ne pas respecter une loi si elle va à l'encontre de l'homme, de sa survie, de son épanouissement ? Doit-on obéir à une loi climaticide*, à une loi qui menace les générations futures ?

Les actions de désobéissance les plus connues sont certainement celles de Greenpeace (voir p. 121), l'association qui a jeté des feux d'artifice dans une centrale nucléaire pour attirer l'œil sur le manque de sécurité, ou encore celles des militants qui s'accrochent à des ponts pour dénoncer un gouvernement. La désobéissance civile passe par des actions « coup de poing » dans le but d'atteindre une grande partie de la population et de gêner l'État.

Bloquer une entreprise, faire un *die-in* (voir ci-contre) devant une ambassade, lancer du faux sang sur une banque peu scrupuleuse, décrocher le portrait d'un président dans une mairie… Les actions de désobéissance civile sont très variées, et n'engagent pas le militant de la même façon. En effet, comme ces actions enfreignent la loi, la mise en accusation devant la justice est possible. Plusieurs activistes se sont vus condamnés. Toutefois pour eux, l'action de sensibilisation en valait la peine.

Ce qui fédère autour des groupes de désobéissance civile comme Greenpeace ou Extinction Rébellion (voir p. 121), c'est la non-violence. En effet, en aucun cas, les actions menées ne s'en prennent à des individus, à des communautés ciblées. Aucune discrimination, violence morale ou physique n'est autorisée. L'aspect choquant reste dans la forme de l'action et les seules victimes doivent être les lois climaticides* dénoncées.

La désobéissance est donc un autre niveau d'engagement, plus radical. Elle a pour objectif de déranger, de perturber un système un peu trop rigide. Je pense que ces formes d'actions sont nécessaires pour faire évoluer les mentalités, pour alerter sur des sujets qui pourraient ne pas être évoqués dans les médias. Toutefois, cela n'engage que ceux qui le souhaitent, et il n'est pas indispensable de mener ce type d'opérations pour être impliqué dans la protection de l'environnement. Chacun doit trouver sa place dans la mobilisation, c'est notamment ce qui fait la richesse du mouvement pour la planète.

LE DIE-IN

Le sit-in est une façon non-violente de manifester qui consiste à s'asseoir dans un lieu public pour exprimer son mécontentement. Le die-in, aussi appelé* lie-in, *relève du même principe mais les manifestants choisissent de s'allonger pour simuler la mort.

Le BOYCOTT

Être consommateur, ce n'est pas que « consommer ». C'est aussi « refuser de consommer ». C'est ce que nous faisons tous les jours lors de nos courses : nous refusons d'acheter certains produits qui ne nous correspondent pas pour en choisir d'autres. Et, en même temps, le plus souvent sans nous en apercevoir, nous décidons de ce que nous allons retrouver plus tard dans nos rayons. En effet, bien que plusieurs facteurs économiques entrent en jeu dans la création d'un produit, la satisfaction du consommateur reste au centre des décisions. Aucune entreprise ne proposera un produit qui ne se vend pas.

Alors, est-ce que l'on fait « juste » les courses ? Non ! On organise le marché, on active notre redoutable pouvoir de consommateur !

Et si nous utilisions ce pouvoir pour favoriser une consommation plus respectueuse de l'environnement ? C'est grâce au boycott que nous pouvons faire la différence. C'est-à-dire le fait de refuser d'acheter un produit de manière systématique pour des raisons définies. Par exemple, boycotter un produit qui participe à la déforestation, à une pollution des océans ou à tout type de pratiques destructrices pour l'environnement.

« Notre carte de crédit est un bulletin de vote. » Nous avons encore du mal à le reconnaître, mais cette phrase, reprise par de nombreuses organisations, est frappante. Tous les achats que nous faisons ont un impact considérable, bien qu'invisible lors du passage en caisse. Chaque euro dépensé va déterminer le modèle que l'on soutient, car bien évidemment les entreprises ne peuvent exister que si des clients les financent. Chaque consommateur, et plus encore lorsqu'il s'unit aux autres, a donc une voix puissante à faire entendre.

Le boycott n'est pas tout jeune : de grands noms de l'histoire y ont eu recours. Prenons l'exemple du combat de Rosa Parks aux États-Unis dans les années 1950. Cette jeune femme afro-américaine de l'Alabama est verbalisée par la police après avoir refusé de céder sa place à un blanc dans un bus, violant ainsi une loi ségrégationniste* de l'État. Cet événement déclenche une indignation nationale et plusieurs personnalités, dont Martin Luther King, décident d'appeler au boycott de la compagnie de bus concernée. C'est un élément déclencheur de la lutte pour les droits civiques des Afro-Américains dans le pays. Un an plus tard, la Cour Suprême jugera inconstitutionnelle la ségrégation raciale dans les bus.

Plus récemment, en 2018, les Marocains ont également montré le pouvoir du boycott. Alors que la population s'offusque face à la montée des prix de denrées alimentaires, un post Facebook déclenche un boycott visant trois marques ayant augmenté leurs prix, dont la société française Danone®. Selon le journal marocain *L'Économiste*, plus de 42 % de la population suit cet appel au boycott. Résultat : les marques ciblées ont vu leurs ventes chuter et travaillent toujours à regagner la confiance de leurs consommateurs.

Dans ces deux exemples de boycott, il y a un élément primordial : l'aspect collectif. Ces victoires ont pu voir le jour grâce à une forte mobilisation de la population. C'est par le nombre que les États ou les entreprises peuvent se sentir menacés.

Contrairement à ce que beaucoup peuvent penser, le boycott et l'appel au boycott sont légaux en France, car protégés par la liberté d'expression, sous réserve qu'ils ne reposent pas sur des propos diffamatoires ou dénigrants. Pour lancer un boycott, il faut donc se baser sur des faits solides et des sources fiables.

I-BOYCOTT.ORG

En France, une plateforme héberge des campagnes de boycott bienveillantes visant des entreprises qui ne respectent pas des principes éthiques* ou sociaux. On retrouve sur i-boycott.org une campagne contre Coca-Cola® accusée d'assécher des régions mexicaines, contre Starbucks® qui ne paie pas ses impôts en France, ou encore contre LU® pour son fameux usage de l'huile de palme. Tu peux rejoindre les boycotts, partager ces campagnes ou en créer de nouvelles !

Combattre le GREENWASHING

Pour pouvoir boycotter (voir p. 110) ou affronter une entreprise qui se moque de l'environnement, il faut d'abord être au courant de ses agissements. Cela est rendu possible grâce aux milliers de journalistes dans le monde, risquant parfois leur vie dans le but de dévoiler une information cruciale pour le consommateur.

Bien souvent, cela va prendre la forme d'un scandale : la révélation de la viande de cheval vendue comme étant du bœuf au sein de produits de la marque Findus®, des conditions de travail déplorables de certains employés de l'entreprise Lidl® ou encore de la mal-rémunération des agriculteurs par la société Lactalis®.

Toutefois, les entreprises ont su s'adapter. Et dans une période où Élise Lucet (journaliste et présentatrice de l'émission *Cash Investigation*) peut se cacher à n'importe quel coin de rue, certaines firmes déploient l'artillerie lourde en communication pour éviter un scandale ou pour détourner les regards de leurs pratiques peu scrupuleuses.

Le *greenwashing* est l'une de leurs armes principales. Il s'agit de l'utilisation de procédés marketing dans le but de se donner une image écologique, alors que dans les faits, ce n'est pas le cas. Par exemple, une entreprise de biscuits va financer la plantation de mille arbres en France et communiquer sur cette action en insistant sur son bénéfice pour la planète. Pour autant, l'huile de palme que cette société utilise dans la réalisation de ses produits participe activement à la déforestation en Indonésie (et détruit donc bien plus de mille arbres !). Il peut malheureusement suffire de faire une publicité sur les « actions vertes » de la firme pour faire oublier au consommateur son empreinte écologique lourde.

Comment combattre ce *greenwashing* ? Par l'éducation et la sensibilisation. En effet, les premiers à tomber dans le panneau seront ceux qui n'ont pas assez de connaissances dans le domaine ciblé, et donc risquent d'être charmés par l'entreprise.

Pour ne pas se faire avoir, on doit se demander si l'action défendue par la marque est à la hauteur de la crise climatique. Prenons l'écoconception des locaux d'une banque dans le centre parisien (voir p. 38). Est-ce que cette action est au niveau des milliards d'euros que cette banque offre aux firmes pétrolières ? La réponse est non. Il s'agit donc de *greenwashing*.

Bien souvent, le *greenwashing* est pratiqué par les plus grandes firmes dans un souci d'image, afin de montrer qu'elles participent à cette transition écologique* tant voulue par les populations.

Le danger du *greenwashing* est que nous poursuivions notre consommation en pensant que les entreprises font assez. Or, les bureaux écolos d'une banque, les actions de recyclage d'une entreprise qui vend des sodas conditionnés dans des bouteilles en plastique, ou encore le fruit bio dans un menu de fast-food sont encore loin d'être suffisants pour nous sortir de la catastrophe.

Lutter contre la société DE CONSOMMATION

En fin de compte, pour le consommateur, la meilleure façon de s'engager pour la planète, c'est de tout faire pour ne pas se laisser aspirer par la société de consommation. Cette même société qui, par la publicité invasive, nous formate dans une façon de penser, de s'habiller, de vivre. Nous avons tendance à l'oublier mais la publicité nous harcèle. On estime que chaque jour, ce sont dix mille marques qui entrent dans notre champ visuel.

Comment faire pour lutter ? Comment faire pour ne pas devenir des consommateurs zombies, avec pour seul but la consommation ? Bien que nous dénoncions tous cette société de consommation et ses conséquences néfastes pour la planète, nous avons beaucoup de mal à nous en détacher, car celle-ci nous maintient dans une bulle de confort. Moi, le premier. Il n'est pas toujours facile de trancher et de décider de s'opposer à cette société, de refuser d'acheter un produit, une marque ou bien la dernière technologie.

Ce n'est pas qu'une question d'actions à faire au quotidien. Il s'agit plutôt d'une réflexion plus large : comprendre que cette société, finalement, ne nous rend pas forcément heureux, et qu'avoir le dernier smartphone ou une paire de baskets de marque n'est peut-être pas ce qui nous permettra de nous épanouir. Il faut s'interroger : « Qui me pousse à acheter toujours plus, à rester dans la dernière tendance ? » Il peut s'agir de séries qui ne véhiculent pas forcément le bon message ou d'un *feed* Instagram qui surfe sur une superficialité plutôt que sur des aspects plus humains.

Certes, il est difficile d’avoir un comportement parfaitement écologique. Et rien ne se fera sans des décisions politiques pour modifier un système économique dépassé. Mais il est important de garder en tête que notre volonté, qui passe par une prise de conscience du problème, reste le point de départ d’une véritable transition écologique*. Nous sommes le départ d’un mouvement qui se veut plus grand, plus rassembleur.

Grâce à notre consommation, on peut déjà distinguer la société que l’on soutient, de celle que l’on rejette.

RENCONTRE AVEC PAUL FRANÇOIS

Paul François est un agriculteur céréalier de Charente, mis sous le feu des projecteurs à la suite de son combat contre la multinationale Monsanto, spécialisée dans la production de pesticides. En 2004, il inhale par inadvertance du Lasso, un herbicide qui sera interdit en France, trois ans plus tard. Les conséquences physiques néfastes qui en découlent font prendre conscience à Paul des dangers des pesticides. Il décide de traîner Monsanto en justice pour faire reconnaître la dangerosité de ses produits. Le 11 avril 2019, la cour d'appel de Lyon reconnaît Monsanto responsable du dommage causé à Paul François. Une grande avancée dans la lutte contre les pesticides.

Dans le procès contre Monsanto, penses-tu avoir eu un rôle de lanceur d'alerte* sur le sujet des pesticides ?

Je n'aime pas ce terme, mais je pense en effet qu'avec mon combat et la médiatisation de celui-ci, j'ai contribué à la prise de conscience de la problématique des victimes des pesticides. Au-delà de mon cas personnel, c'est aussi tout le travail réalisé avec et par l'association Phyto-Victimes qui a permis de mettre ce sujet en lumière. Aujourd'hui, l'association est reconnue et travaille en collaboration avec tous les acteurs concernés par ce problème (ministères, institutions, associations...).

Comment faire face aux pratiques peu scrupuleuses des géants de l'agroalimentaire ?

La question des géants de l'agroalimentaire va au-delà de celle des pesticides. Nous pouvons faire face en dénonçant leur comportement à travers des procès mais également en changeant notre mode de consommation.

Qu'est-ce qu'une agriculture responsable ?

Il n'y a pas une mais des agricultures. Il faut une agriculture respectueuse de la santé des hommes, de l'environnement et assurant un revenu décent aux agriculteurs. Je suis toujours un peu agacé lorsque l'on me dit : « Oui, mais vous avez utilisé des pesticides, si vous êtes malade, tout est votre faute. » Incriminer le monde agricole est une erreur et ce n'est pas une bonne stratégie. En effet, le choix d'une agriculture intensive, chimique, a été mis en place dans un certain contexte (après la Seconde Guerre mondiale, nécessité de nourrir le pays…) et le recours aux pesticides a été encouragé par tous : État, firmes, syndicats, consommateurs (qui avaient accès à une alimentation peu chère). Il faut aujourd'hui tenir compte des erreurs du passé et aller vers une diminution progressive des pesticides. C'est un travail qui ne concerne pas uniquement le monde agricole mais l'ensemble de la société.

Est-il possible de nourrir la population mondiale avec l'agriculture biologique, et donc de se passer des pesticides ?

C'est un devoir parce que l'agriculture chimique est une agriculture à court terme et qui a montré ses limites (il n'est pas utopique de dire que nous pourrons sortir des pesticides d'ici quinze à vingt ans). Il faudrait déjà supprimer les molécules les plus dangereuses qui sont encore sur le marché... Il n'y a pas une seule méthode mais des méthodes pour aller vers une utilisation moindre des pesticides. Et il ne faut surtout pas recréer un modèle intensif mais version « bio », cela n'aurait pas de sens.

Comment renouer le lien entre les jeunes et l'agriculture ?

En montrant une autre image de l'agriculture, plus moderne, qui soit respectueuse des hommes et de l'environnement. Il faudrait aussi que les consommateurs changent leurs modes de consommation au quotidien et que les jeunes y soient habitués. Cela signifie par exemple favoriser les producteurs locaux, regarder la provenance des aliments, ou encore ne pas manger de produits dits « hors saison ».

QUELQUES GROUPES
et associations

J'ai sélectionné plusieurs associations que je trouve intéressantes pour commencer ou poursuivre son engagement. Il y en a pour tous les goûts et pour toutes les formes d'actions.

AMIS DE LA TERRE

amisdelaterre.org

Une association qui mène des actions directes partout en France contre les banques privées, l'huile de palme, le nucléaire... L'association réalise aussi du lobbying environnemental* et est très présente sur les réseaux sociaux.

FONDATION NICOLAS HULOT (FNH)

fondation-nature-homme.org

La FNH est une belle association quand on débute dans l'écologie. En effet, elle a été créée par Nicolas Hulot, figure de l'écologie en France, et elle te permet de t'informer et de découvrir des projets écologiques près de chez toi. Les dernières campagnes se sont concentrées sur l'agriculture biologique, le climat et les écogestes du quotidien.

Alternatiba

alternatiba.eu

Un mouvement citoyen de mobilisation sur le dérèglement climatique grâce à des initiatives concrètes qui visent à construire une société durable. Depuis 2013, Alternatiba varie les modes de mobilisation : « villages des alternatives », tour sur des vélos multiplaces pour valoriser les initiatives locales, ou encore actions de désobéissance civile non violentes.

EXTINCTION RÉBELLION

extinctionrebellion.fr

Mouvement mondial créé à la suite des marches pour le climat, qui lutte contre l'effondrement écologique et le dérèglement climatique. Le mouvement se base sur dix principes dont l'idée de changement, de non-violence, d'inclusivité (accès pour tous) ou encore de remise en question perpétuelle. Il défend le vivant en menant des actions de désobéissance non-violentes, notamment par des blocages économiques.

GREENPEACE

greenpeace.fr

Très célèbre, cet organisme œuvre à la protection de l'environnement à différentes échelles, avec pour objectif de faire pression sur les gouvernements, les entreprises et les citoyens pour modifier leurs comportements. Greenpeace a des antennes dans beaucoup de villes françaises, qu'on peut rejoindre facilement, pour s'engager localement ou à l'échelle nationale.

JAC

jac-asso.fr

L'association souhaite fournir à chacun les clés pour devenir acteur, à son échelle, de la transition écologique*. Les Jeunes Ambassadeurs pour le Climat animent des interventions en collèges, lycées et universités pour sensibiliser les jeunes aux enjeux climatiques tout en partageant leur expérience des négociations internationales auxquelles ils participent chaque année.

ON EST PRÊT

onestpret.com

Créé en 2018, ce mouvement à vocation internationale a un double objectif : produire et diffuser massivement des récits inspirants pour transformer la société, d'une part, et, mobiliser les citoyens à l'aide de trois leviers d'action (individuel, industriel et politique), d'autre part. Il propose des moyens d'action concrets à travers la création et la diffusion de campagnes, d'événements et de programmes vidéo sur des questions de société et d'environnement.

WARN

wearereadynow.net

Mouvement rassemblant celles et ceux qui se questionnent et veulent se bouger pour la planète. Les solutions existent, il suffit de trouver celles qui nous correspondent. WARN propose donc des alternatives et raconte des expériences inspirantes pour s'engager.

NOTRE AFFAIRE À TOUS

notreaffaireatous.org

Cette association se base sur le droit pour protéger la planète et réparer les torts qui lui ont été faits. Elle se base sur le principe de justice climatique en utilisant des outils juridiques. La plupart de ses membres sont des juristes. Ce sont eux notamment qui soutiennent l'Affaire du siècle (avec Greenpeace, Oxfam et la FNH) pour porter plainte contre l'État français pour son inaction climatique.

REFEDD

refedd.org

Réseau de plus de cent associations étudiantes œuvrant pour le développement durable grâce à de multiples projets comme l'accompagnement des associations étudiantes, la formation au développement durable et à ses enjeux, ou encore la représentation des étudiants durant les grands sommets pour le climat (COP*).

REFEDD

YFC

youthforclimate.fr

Récent mouvement de jeunes pour le climat, né en Belgique à la suite de l'appel de Greta Thunberg (voir p. 82), qui a organisé les grèves pour le climat. Aujourd'hui, YFC existe dans plusieurs pays dont la France, avec des antennes dans plusieurs grandes villes : Paris, Toulouse, Lyon... Les jeunes militent pour la protection de la biodiversité* et pour l'action climatique à partir de différents moyens d'action comme la manifestation.

Rencontre avec Jean-François Julliard

Est-il important de soutenir une association ou une ONG pour agir ? Quel est le pouvoir de ces associations dans la transition écologique* ? J'ai posé ces questions à Jean-François Julliard, directeur général de Greenpeace France depuis 2012. Ce journaliste, qui est passé par Reporters Sans Frontières, a dédié sa vie aux combats sociaux et environnementaux. Aujourd'hui, il met en lumière le travail de Greenpeace (voir p. 121) et plus largement celui des ONG* et autres associations en France.*

Quel est ton rôle au sein de Greenpeace France ?

Mon rôle est triple. Il s'agit tout d'abord de veiller au bon fonctionnement de l'organisation dans toutes ses dimensions (orientations stratégiques, management et bien-être des équipes, cohésion des différentes communautés engagées, collecte de fonds, administration…). Je dois ensuite assurer une certaine représentation externe de Greenpeace en France, à travers des rendez-vous avec des décideurs politiques ou économiques, des rencontres interassociatives, des interviews dans les médias. Je participe enfin au bon fonctionnement du réseau international de Greenpeace dans le monde et m'assure que notre bureau en France contribue à nos objectifs globaux.

Quel est le rôle d'une ONG* comme Greenpeace dans la transition écologique* ?

Il est multiple. Nous avons la capacité à produire une certaine expertise dans les domaines que nous couvrons (transports, agriculture, production d'énergie, protection des océans et des forêts...). Cela passe par l'écriture de rapports, de communiqués de presse, d'études. Ensuite, nous menons un travail de plaidoyer* auprès des décideurs et les rencontrons régulièrement pour tenter de les convaincre. Mais cela ne suffit pas et nous participons aussi à la mobilisation citoyenne, à travers l'organisation de marches, de rassemblements et d'actions de désobéissance civile (voir p. 108), quand c'est nécessaire.

Est-il nécessaire pour un jeune de rejoindre une ONG* pour s'engager ?

Les formes d'engagement sont très diverses aujourd'hui. Beaucoup de collectifs ou de groupes se sont créés ces derniers mois autour des questions climatiques. En revanche, une ONG* comme Greenpeace permet de rejoindre un réseau déjà en place, avec une longue expérience, des savoir-faire, des moyens techniques et financiers. C'est une façon de prolonger son engagement et d'aller plus loin pour celles et ceux qui le souhaitent.

Les ONG* ont-elles un véritable pouvoir aujourd'hui face aux politiques ?

Oui, bien sûr. Par exemple, aucun gouvernement ne peut se permettre de nous fermer totalement sa porte. Les ONG* sont devenues incontournables dans le dialogue des autorités avec la société civile. Cela ne signifie évidemment pas que nous sommes écoutés à chaque fois. Nous nous définissons comme un contre-pouvoir. Nous avons aussi pour mission d'interpeller les décideurs, de pointer leurs responsabilités, de rappeler leurs engagements ou leurs promesses non suivies d'effets.

Une ONG* doit-elle absolument rassembler la population, quitte à adoucir son message ?

Non, je ne crois pas. Chaque association a normalement défini au départ un projet, une ligne de conduite, des valeurs qui guident son fonctionnement. Certaines emploient un ton très radical, d'autres sont plus douces dans leur approche. Cette diversité permet aussi d'atteindre différents publics. Et puis, je suis convaincu qu'on peut rassembler autour d'un projet radical, d'actions de désobéissance et d'un positionnement très critique vis-à-vis des décideurs. Il suffit que cette radicalité dans les mots ou les actes soit expliquée, notamment par l'urgence de la situation. La crise climatique aujourd'hui est telle que de plus en plus de personnes comprennent et demandent même des engagements plus radicaux.

Comment une association garde-t-elle son intégrité ? Et comment s'assurer que l'association que l'on soutient agit véritablement ?

Cela repose avant tout sur une confiance entre l'association et ses communautés. Il doit y avoir un dialogue permanent et une immense transparence dans l'utilisation des dons. Pour une association comme Greenpeace qui refuse l'argent public et les subventions des entreprises, c'est essentiel. Nous avons été auditionnés par la Cour des comptes en 2013, qui a confirmé notre indépendance financière totale et une saine utilisation de l'argent des donateurs.

Comment Greenpeace perçoit-il l'engagement des jeunes aujourd'hui ?

Nous avons vu l'émergence de ce mouvement des jeunes comme une excellente chose, et peut-être même comme la brique qui manquait au mur de la mobilisation climatique. Beaucoup d'adultes ont été bousculés par leurs enfants, leurs adolescents qui s'engageaient sur le sujet : c'est une très bonne chose. Quand la jeunesse d'un pays se soulève, cela entraîne généralement des changements majeurs. Alors imaginons ce qui pourrait se passer si ce mouvement devenait véritablement mondial !

Comment le citoyen peut-il se faire entendre face aux industriels et aux politiques ?

En s'engageant, en participant à des manifestations, en boycottant (voir p. 110) des produits nocifs et en le faisant savoir sur les réseaux sociaux, en signant des pétitions, en désobéissant avec des collectifs, la palette est vaste…

Les actions quotidiennes (la part du colibri*) sont-elles suffisantes ?

Elles sont nécessaires mais pas suffisantes. La part du colibri* devrait être aujourd'hui le minimum requis. Chacun devrait faire ce qu'il peut de son côté, en fonction de ses possibilités, de ses moyens, de son mode de vie. Mais il faut aussi agir sur le collectif et les structures qui sous-tendent nos sociétés. Par exemple, cela ne sert à rien de mieux recycler nos déchets s'il n'y a pas d'action collective menée pour empêcher les industriels de l'agroalimentaire de poursuivre dans la voie du suremballage plastique. De la même manière, il est vain de penser qu'on va briser l'industrie des énergies fossiles* seulement en prenant moins souvent sa voiture. Il faut aussi dénoncer les projets néfastes des grandes entreprises pétrolières, participer à des blocages, demander des comptes à leurs dirigeants…

Comment imagines-tu le monde en 2050 ?

Je reste très optimiste, donc j'imagine un monde en train de résoudre sa crise climatique. J'imagine des sociétés très différentes où l'accumulation de biens matériels n'est plus une fin en soi, où leur usage est privilégié plutôt que leur possession. Des sociétés où les villes sont redevenues respirables, sans voitures à tous les coins de rue, où une alimentation saine, bio, locale, de saison et très largement végétale, est devenue la norme.

En fait, je visualise un monde où les priorités ont été rétablies. La finance et l'économie ne règnent plus en maîtres. Nous aurons appris à vivre collectivement dans le respect des limites que nos écosystèmes peuvent nous offrir. Certains me trouveront utopiste, voire naïf. Mais je rappelle que si nous n'y parvenons pas, alors nos vies seront plus injustes et plus dures encore. Rien de très réjouissant si nous ne nous y mettons pas tout de suite !

LES JEUNES

ont le dernier mot !

Un livre qui a été écrit par un jeune, pour les jeunes en particulier, se doit de finir par l'expression libre de la jeunesse. J'ai donc décidé de faire témoigner des jeunes d'univers, de pays et de niveau social complètement différents. De Singapour au Canada en passant bien évidemment par la France, les témoignages qui suivent se veulent inspirants : un rassemblement d'idées, d'inspirations, de suggestions, d'appels faits par les jeunes pour les jeunes.

Ces témoignages ont un point commun : la conviction que le changement est possible.

La jeunesse devient maîtresse de son destin. Nous serons la génération qui fera plier les décideurs politiques, nous serons la génération qui fera changer les mentalités et, bien évidemment, nous serons la génération qui sera actrice du changement.

Angèle Breton

21 ans, France, vice-présidente de l'association Awar Bonyolo

(awarbonyolo.wordpress.com)

Un voyage au milieu de l'Afrique de l'Ouest et c'est le déclic : il faut que je m'engage pour ce combat, celui qui vise à améliorer le monde, pour tous. Un combat qui paraît naïf et irréalisable au vu de la grandeur du défi. Mais on se rend vite compte qu'un changement est possible.

J'avais déjà changé quelques-unes de mes habitudes, comme arrêter de manger des animaux, réduire au maximum mon utilisation du plastique ou encore supprimer l'huile de palme de mon quotidien. Mais j'ai voulu pousser mon engagement plus loin, le rendre plus concret.

Alors je suis repartie en Afrique pour différentes missions, j'ai été dans des camps de réfugiés, je me suis investie dans divers projets au travers d'associations... Le but n'étant pas de lister les actions menées, mais d'en arriver à la conclusion que j'ai pu tirer de tout ça : chaque geste compte. Au travers de mes engagements, j'ai pu constater une avancée vers cet idéal planétaire tant souhaité. Le changement global ne sera que l'addition de toutes ces petites avancées et victoires que chacun d'entre nous peut accomplir chaque jour. C'est possible, il suffit de se lancer et d'y croire.

Thomas Rocheleau

20 ans, Canada,
étudiant en génie mécanique

À Montréal et dans une grande partie de l'Amérique du Nord, nous vivons dans une bulle de confort, une bulle très éloignée de tous les enjeux mondiaux. Nous importons des produits sans penser au coût environnemental, nous favorisons de la main-d'œuvre non-éthique*, nous jetons nos produits à la poubelle sans y réfléchir, car nous ne voyons pas directement l'impact de nos agissements.

À 16 ans, grâce à ma curiosité, mon éducation et la visibilité du changement climatique, j'ai commencé à percer cette bulle et à prendre conscience que mes choix quotidiens avaient un impact direct sur le monde dans lequel nous vivons. Je me suis donc responsabilisé et j'ai commencé à faire mes propres recherches sur l'enjeu climatique en écoutant des documentaires, en lisant des livres et en regardant des entrevues. Tout cela pour déterminer de quelles façons je pouvais diminuer mon empreinte écologique* le plus efficacement possible sans pour autant devoir me convertir en ermite.

Quatre ans plus tard, je suis végan*, je composte et j'évite le plastique à usage unique. Mais ce qui est le plus significatif, c'est ce que j'apporte aux gens autour de moi. Par mes actions et ma volonté de changer, je continue d'influencer ma famille et mes proches, qui me voient prendre des décisions de manière plus consciencieuse et qui constatent que cela m'est bénéfique.

Julie Pasquet
22 ans, France, étudiante et présidente de l'association Up for Europe (upforeurope.com)

Aujourd'hui, je me sens victime. Victime d'un monde du passé qui m'enlace et m'étouffe. Je me sens prisonnière, car moi-même je n'arrive pas à me défaire de ce système. Système pervers, injuste, nauséabond, malsain, dur. Alors, oui, j'ose le dire : nous sommes des victimes et nous sommes prisonniers.

Mais je me bats et c'est là qu'est mon engagement. L'engagement, c'est prendre des coups et en donner en retour, c'est tomber pour mieux se relever. L'engagement, ça vous prend aux tripes. L'urgence climatique ne m'empêche pas de crier, de hurler, d'écrire, d'être active, d'agir, de manifester… L'urgence climatique me réveille et me secoue. Bien qu'il nous reste quelques années avant qu'il soit définitivement trop tard, je ne me résigne pas. Jamais.

Soyez ouvert et croyez en la beauté de l'humanité. L'engagement, c'est aussi croire en son pouvoir de réussite. J'ai beau avoir 22 ans et être étudiante, quoi qu'on me dise, j'ai un pouvoir. Je peux décider de me lever, d'écouter les autres, de m'informer, de changer le monde. J'assume le fait de vouloir pointer du doigt les dirigeants de ce monde, j'assume le fait de vouloir secouer les attentistes (ceux qui choisissent d'attendre plutôt que d'agir) pour les emmener dans notre combat. J'assume le fait d'être une « utopiste » : c'est grâce à cela que je me lève tous les jours avec encore plus d'énergie pour faire quelque chose qui compte.

Ce combat me définit, il me fait être moi. Et je pense que c'est là, le vrai engagement : c'est celui qui vous transcende, qui vous suit nuit et jour, qui vous guide en permanence.

Maxime Ollivier

23 ans, France, Membre
d'Extinction Rébellion (extinctionrebellion.fr)
et de La Bascule (la-bascule.org)

On ne devient pas engagé, convaincu, voire radicalement convaincu du jour au lendemain.

L'écologie qui culpabilise l'individu dans ses choix est vouée à l'échec, d'abord car elle épuise les militants qui se confrontent constamment à l'inertie du changement de comportement, et parce qu'elle ne prend pas en compte l'importance d'une démarche volontariste.
Mais surtout parce qu'elle ne prend pas en compte l'urgence même du problème qui implique un changement radical et structurel de nos modèles de sociétés : il nous faut, je pense, repolitiser notre engagement, et nous attaquer directement à la source du problème.

Oui, il y a des causes de ce dérèglement climatique, il y a des responsables : les 10 % les plus riches de la planète sont responsables de la moitié des émissions de CO_2 et 25 firmes (et leurs filiales) sont responsables de 70 % des émissions de gaz à effet de serre*.
Ce sont ces personnes, ces entreprises qui, en imposant ce modèle économique destructeur, empêchent la remise en cause profonde de notre modèle de société.

Et puis surtout, j'ai vu des gens qui construisent un autre modèle de société. C'est en ça que je crois : il y a un peu partout dans le monde des forces créatrices qui ne sont pas uniquement dans la critique permanente du système actuel, mais qui proposent de nouvelles façons de faire société : monnaies locales pour ne plus dépendre des systèmes financiers mondiaux à bout de souffle, agroécologie pour mieux produire et se nourrir, méthodes pour favoriser l'intelligence collective et mettre en place une vraie démocratie, entreprises libérées de tout système de domination… Un autre monde est possible.

Louis Decotte

16 ans, Singapour, lycéen engagé

Élève en terminale à l'IFS (le lycée français de Singapour), je dois avouer avoir été très frustré de ne pas avoir pu participer à ces marches pour le climat qui ont eu lieu sur l'ensemble du continent européen. J'ai assisté en spectateur à ces événements, non pas parce que je ne voulais pas y participer, mais parce que tout type de rassemblement y est souvent interdit.

Plus les mois passaient, plus mon impuissance grandissait. Et puis, un jour, je me suis dit que cela avait assez duré. Le changement vient de l'intérieur.

Avec plusieurs amis, nous nous sommes concertés afin de mettre en place un projet de sensibilisation écologique au sein de notre école. Nous avons ainsi imaginé et planifié l'événement « La Journée de la Terre » qui a mêlé la présence d'intervenants extérieurs (dont des journalistes et des artistes), la mise en scène de pièces de théâtre, l'organisation de TED Talks (conférences). Il s'agit pour nous d'éveiller les consciences, mais surtout de montrer que les jeunes comme nous ont un rôle à jouer dans cette crise.

Néanmoins, il me semble important de préciser que nous ne cherchons pas à parler uniquement des problèmes scientifiques et écologiques liés au réchauffement climatique, à la pollution, ni même aux actions de tous les jours. Au contraire, je trouve que ces sujets couvrent déjà une très grande partie de l'espace médiatique, au détriment, parfois, d'autres enjeux tout aussi importants. Par exemple, on ne parle finalement que très peu de la question du braconnage, des tensions liées à l'exploitation des ressources naturelles ou encore des réfugiés climatiques. Ces thématiques sont délaissées alors même qu'elles font partie intégrante du problème.

Jay Ralitera

30 ans, Madagascar, coordinatrice de projets en développement durable

Je milite pour la justice climatique et sociale depuis plus de cinq ans. J'ai fait partie de trois associations : CliMate, WARN et le RCOI, le Réseau Climat Océan Indien que j'ai cofondé en 2015. J'ai également participé à la COP21* en tant que jeune déléguée de Madagascar, à la COP22* en tant qu'observateur de la société civile et à la COP24* en tant que représentante du secteur privé malagasy (c'est-à-dire de Madagascar).

Ma plus grande contribution à la lutte pour la justice climatique reste pour moi mon implication personnelle et ma recherche d'un mode de vie en accord avec le monde que je souhaite construire.

Je puise mon énergie dans cette certitude : demain sera durable ou ne sera pas. C'est en continuant de se mettre en réseau, de s'inspirer les uns et les autres, de se souder, que nous parviendrons à faire émerger des sociétés plus durables. C'est à travers les exemples et les tentatives que nous gagnons du terrain sur l'espace médiatique et sur l'opinion publique.

N'attendons rien des politiciens, des grandes instances, des gouvernements, autre que leurs petits pas. Mais soyons optimistes car, quoi qu'il advienne, nous portons en nous les graines de la résilience et de la résistance.

Nawel Boudouni

21 ans, France,
étudiante en cinéma d'animation

La notion de respect de notre environnement doit être présente dans nos esprits à chaque instant de notre vie. Chacun de nos actes ne devrait être réalisé qu'après que nous nous sommes demandé : « Quelle est sa conséquence sur l'environnement ? »

Ce n'est plus une option, c'est une responsabilité.

Selon moi, prendre la responsabilité d'accorder du temps à l'environnement, c'est être un adulte mature et responsable. Alors soyons adultes. « La flemme », « la facilité », « le confort » ne peuvent pas être des excuses pour ne pas changer nos habitudes de vie.

Après mon voyage en Australie, en 2018, j'ai pu observer et comparer les façons de penser la nature et l'environnement. Les Aborigènes australiens considèrent la Terre comme une entité à part entière.

Suivons cette pensée et considérons la Terre comme nous considérons une personne que nous aimons, qui nous apporte des choses magnifiques dans notre vie, et, de fait, respectons-la.

Le confort, c'est aussi se sentir bien dans son environnement. Tout comme faire du sport pour se sentir bien dans son corps. Agir en faveur de notre planète est une motivation. J'invite chacun de nous à repenser sa façon de consommer de la nourriture, de jeter ses déchets ménagers, de s'habiller, de se laver, de se maquiller… car TOUT, absolument TOUT, est à prendre en considération.

Le Dico du jeune engagé

S'engager passe obligatoirement par une bonne connaissance des faits, il faut savoir de quoi on parle et pourquoi on en parle. Le choix des mots est essentiel et peut faire la différence lors de combats environnementaux.

Voici une petite liste non exhaustive des définitions de base.

Les mots de ce dictionnaire sont signalés en couleur dans le texte et par un astérisque *.

A

Accord de Paris sur le climat

Cet accord a eu lieu en 2015, durant la Conférence de Paris sur les changements climatiques (COP21*). À cette date, les délégations présentes se sont mises d'accord et ont signé le premier accord mondial sur le climat et le réchauffement climatique. Celui-ci doit permettre de fixer des objectifs ambitieux pour que les pays réduisent leurs émissions de gaz à effet de serre*.

ADEME

L'Agence De l'Environnement et de la Maîtrise de l'Énergie est un établissement public sous la tutelle du ministère de la Transition écologique et du ministère de l'Enseignement supérieur. Cette agence participe à la mise en place des politiques publiques en matière d'environnement et d'énergie.

AMAP

Les AMAP (Associations pour le Maintien d'une Agriculture Paysanne) sont des structures destinées à favoriser l'agriculture paysanne et biologique. Elles permettent de créer un lien entre les petits agriculteurs et les habitants, notamment ceux qui vivent en ville (plus éloignés des lieux de culture) en créant des réseaux de distribution de paniers de fruits et de légumes locaux. Tu trouveras plus d'infos sur le site reseau-amap.org

B

Bétonisation

On parle de bétonisation lorsque le développement des activités humaines amène à la destruction des terres (agricoles ou naturelles) pour y construire du mobilier en béton. Hormis la disparition de la biodiversité*, la bétonisation aggrave les phénomènes d'inondations car l'eau accumulée ne peut plus pénétrer les sols.

Bien commun

Ce mot est utilisé dans plusieurs domaines comme la philosophie ou encore le droit. Récemment, ce terme est réapparu dans le monde politique. Ainsi, il désigne un bien partagé par les membres d'une communauté. Cela peut être matériel ou immatériel. Dans l'écologie, on parle de bien commun pour évoquer les ressources planétaires qui appartiennent à tous.

Biodiversité

Terme qui englobe toutes les espèces vivantes, les écosystèmes, et l'interaction qui se fait entre ces espèces. La biodiversité se retrouve ainsi dans tous les milieux naturels, qu'il s'agisse d'un jardin, d'un parc, d'une forêt ou de l'océan. La disparition de la biodiversité mondiale est une menace pour l'homme car elle déstabilise tous les écosystèmes.

Buycott

Résultat du boycott qui fait que, par le refus de consommer un produit, on favorise un autre produit que l'on juge plus éthique*. On parle ainsi d'une consommation responsable : qu'il soit local, biologique ou tout simplement plus éthique*, le buycott soutient les alternatives aux produits industriels.

C

Capitalisme

Le capitalisme est une théorie économique qui repose sur la propriété privée des moyens de production (un patron possède une entreprise) et où la finalité est l'accumulation de profits (faire de l'argent). Aujourd'hui, le capitalisme est le modèle économique qui s'est imposé partout dans le monde, à quelques exceptions près. De nombreuses critiques émanent de ce modèle car il participe à la destruction de l'environnement : produire toujours plus, pour gagner plus, aux dépens de nos ressources planétaires.

Climat

Le climat correspond aux conditions météorologiques moyennes sur une région, pendant une longue période. La climatologie, qui est l'étude du climat, se différencie de la météorologie qui se base sur des conditions météo de court terme. Les climatologues vont donc travailler sur les projections climatiques sur les décennies à venir, et vont pouvoir étudier l'impact des activités humaines sur le climat.

Climaticide

Cet adjectif défini un projet ou une action qui va à l'encontre de la préservation de l'environnement, et freine la lutte contre le dérèglement climatique. Par exemple, on dit d'une loi qu'elle est climaticide, si elle autorise une compagnie pétrolière à créer de nouveaux forages.

Climatosceptique

Individu qui refuse le consensus scientifique attestant du dérèglement climatique accéléré par l'activité humaine, qui ne croit pas en la responsabilité de l'humain dans les changements climatiques, et qui critique fortement le mouvement écologique.

Cloud

Le cloud, également appelé *cloud computing* (informatique en nuage) est un service informatique qui permet de stocker ses données (photos, vidéos, documents) sur Internet plutôt que sur son appareil électronique. Cela permet à l'utilisateur d'accéder à ses données n'importe où, en se connectant à Internet. Si on a tendance à penser que le « nuage » de stockage est totalement virtuel, il faut se rappeler que des milliers de *data centers* consomment beaucoup d'électricité pour conserver ces données sur des machines.

Collapsologie

La collapsologie est un courant de pensée qui étudie la possibilité d'un effondrement de la société, comme on la connaît aujourd'hui, c'est-à-dire notre civilisation industrielle. Cette théorie définit un point de non-retour où les ressources planétaires ne seront plus suffisantes, ce qui amènera à la disparition de notre modèle économique et social d'une manière plutôt brusque. En France, Pablo Servigne a vulgarisé ce terme au grand public.

consumérisme

Le consumérisme est étroitement lié au capitalisme. En effet, dans notre modèle économique actuel, plus nous consommons, mieux l'économie se porte. La croissance se base donc sur l'augmentation de la consommation. Ce mode de vie consumériste représente un grand danger pour nos ressources naturelles qui n'ont pas le temps de se régénérer.

COP/COP21

La Conférence des parties sur les changements climatiques réunit chaque année depuis les années 1990 les délégations du monde entier pour fixer des objectifs dans la lutte contre le dérèglement climatique. Il faudra attendre la COP21, soit l'Accord de Paris sur le climat (2015), pour que tous les pays du monde entier signent un engagement concret. Cependant, cinq ans après la signature, les actions concrètes peinent à se mettre en place.

croissance économique

La croissance économique se base sur la production de biens et de services dans une économie sur une période donnée. Elle étudie la « santé » d'une économie de marché qui repose sur la consommation et la progression de cette dernière.

D

Dérèglement climatique

Voir « Réchauffement climatique ».

Désertification des sols

La désertification est un phénomène qui touche les sols lorsque ces derniers subissent de l'érosion ou une dégradation, et mène à une perte de nutriments et la disparition des matières organiques, provoquant souvent l'infertilité. Cet appauvrissement des sols qui représente un danger pour le développement de la faune et la flore, peut être causé par plusieurs phénomènes : la déforestation (destruction des forêts), le surpâturage (la présence trop importante d'animaux d'élevage et de leurs déjections), la mauvaise gestion de l'eau, l'avancée du désert ou encore le réchauffement climatique*.

Désintox

Le terme de « désintox » est depuis quelque temps très utilisé dans le monde journalistique en plein combat contre la désinformation (*fake news*). La multiplication des sources d'informations avec les réseaux sociaux nécessite d'être plus vigilant sur ce qu'on analyse. Les journalistes peuvent faire un travail de désintox pour clarifier un propos jugé douteux.

Désobéissance civile

La désobéissance civile est le refus de se soumettre à une loi que l'on trouve injuste, envers soi ou un groupe. Dans le combat écologique, la désobéissance prend la forme d'occupations d'espaces publics, d'actions non-violentes envers une enseigne ou encore d'actes de blocage.

E

Empreinte écologique et empreinte carbone

L'empreinte écologique calcule le poids de l'humain et de ses activités sur la planète. Elle prend en compte toutes les activités (pêche, culture, espaces bâtis, déforestation, élevage, émissions de carbone). En effet, on peut étudier le poids que pèse un habitant, un pays ou une population sur la planète en fonction de ce qu'ils consomment.

L'empreinte carbone, elle, va se focaliser uniquement sur les émissions de gaz à effet de serre* (CO_2) qu'un individu dégage, pour étudier spécifiquement la pollution qu'il crée, et qui, notamment, participe au réchauffement de la planète.

Énergies fossiles

Il s'agit d'une énergie produite à partir des ressources provenant de la sédimentation et de la décomposition de matières organiques, cela sur des millions d'années. Ce qui fait d'elle une énergie non-renouvelable. C'est le cas pour le pétrole ou le charbon. Ces énergies sont fortement décriées, car leurs ressources s'épuisent donc, mais surtout parce que leur utilisation dégage des émissions de gaz à effet de serre* sur tout le cycle : lors de l'extraction, lors du raffinement (le procédé industriel pour transformer le pétrole brut en essence ou fioul) ainsi que lors de l'utilisation dans certains cas (le pétrole dans une voiture). Il est impossible de stopper le dérèglement climatique si nous n'arrêtons pas d'utiliser les énergies fossiles.

Éthique

L'éthique fait référence à la morale, c'est-à-dire aux règles de notre société qui permettent le vivre-ensemble. Dans le mouvement écolo, on parle d'éthique pour désigner les actions d'un tiers qui respectent l'environnement et les humains. Par exemple, un produit sera éthique s'il a été confectionné dans le respect des travailleurs, et qu'il ne participe pas à la dégradation de la nature.

F

Fake news

La *fake news* est l'anglicisme pour parler de désinformation. Il s'agit d'informations qui n'ont pas été vérifiées, qui ne se basent sur aucune source fiable, et qui ont tendance à créer des propos incorrects, déformés voire totalement faux. Avec l'essor des réseaux sociaux, la désinformation prolifère lorsque les internautes ne prennent pas assez de temps pour vérifier l'information avant de la partager.

Fast fashion

Terme anglo-saxon qui décrit l'industrie vestimentaire reposant sur un renouvellement très rapide des collections pour favoriser la consommation. C'est une méthode qui permet aux grandes enseignes de présenter de nouvelles collections très souvent, en se basant sur un mode de production toujours plus intensif. Cette surproduction pousse les clients à consommer toujours plus en créant de nouvelles envies et va de pair avec une production peu respectueuse de l'environnement et des fabricants.

Flexitarien

Être flexitarien, c'est s'engager à réduire drastiquement sa consommation de viande, tout en se permettant d'en consommer à certaines occasions. Le flexitarisme peut aussi être une période transitoire pour aller vers le végétarisme.

G

Gaz à effet de serre (GES)

Ces gaz, comme le dioxyde de carbone (CO_2) ou le méthane, perturbent la réflexion des rayons du Soleil, et coincent la chaleur dans l'atmosphère. En effet, les GES sont opaques : ils emprisonnent les rayons infrarouges à la surface du globe et font grimper la température. C'est l'effet de serre. Avec nos activités polluantes, nous dégageons de plus en plus de GES et participons donc directement au réchauffement climatique.

GIEC

Le Groupe d'experts intergouvernemental sur l'évolution du climat est un organisme intergouvernemental entre pays membres de l'ONU*. Ce groupe de scientifiques travaille pour étudier les causes, les risques et les solutions du dérèglement climatique.

Green New Deal

Le Green New Deal est le nom que l'on donne à des projets de lois qui souhaitent transformer les décisions d'un pays en prenant en compte l'urgence climatique. On retrouve ce terme dans plusieurs pays de l'Union Européenne ou aux États-Unis pour marquer l'importance de l'environnement dans les futures décisions. Le terme provient du New Deal, le gigantesque projet de relance du président américain Roosevelt en 1933 pour faire face à la Grande Dépression.

I

Impact (environnemental, social...)

L'impact signifie l'effet que va produire un objet ou une personne sur son environnement. On peut parler d'impact social quand il s'agit de répercussions sur l'humain, et d'impact environnemental quand il s'agit de la planète. L'impact peut être positif (créateur d'emplois, favorable à la biodiversité...) ou négatif (violation des droits humains, déforestation...).

Incubateur

Structure qui accompagne les jeunes entreprises à se développer et à réaliser leurs projets, en mettant à leur disposition les ressources nécessaires.

INSEE

L'Institut National de la Statistique et des Études Économiques produit, analyse et publie des statistiques en France pour étudier les phénomènes sociaux, économiques ou encore environnementaux. Par exemple, l'INSEE analyse le taux de chômage pour évaluer la santé de l'économie.

L

Lanceur d'alerte

Un lanceur d'alerte est une personne, un groupe ou une institution qui décide d'alerter la population sur un risque, un danger ou un scandale découvert, qui n'a pas encore été rendu publique. Ce donneur d'alerte n'agit pas à des fins personnelles mais pour l'intérêt général et le bien commun*. Certains peuvent risquer des sanctions lorsqu'ils sont obligés de violer des clauses de confidentialité pour pouvoir parler. Par exemple, une employée qui découvre que son entreprise déverse des produits chimiques dans la nature peut décider d'alerter l'opinion publique, malgré le fait qu'elle puisse perdre son emploi.

Libéralisme économique (libéral)

Le libéralisme économique est un courant de pensée qui défend les droits individuels en retirant toute entrave au marché. Ce libéralisme est donc opposé à toute implication de l'État (taxes, règlements, lois). Certains voient cette théorie, qui est souvent utilisée aujourd'hui, comme un danger pour l'environnement car l'absence d'encadrement de l'économie mène souvent à des manquements venant des entreprises.

Lobbying environnemental

Le lobbying environnemental va reprendre les codes du lobbying traditionnel, c'est-à-dire faire pression sur les décideurs politiques. Cependant, ce lobby ne cherche pas à défendre des intérêts personnels, comme c'est le cas pour les entreprises, mais plutôt à défendre l'intérêt général sur des questions environnementales.

Loi ségrégationniste

Une loi ségrégationniste est une loi qui vise à la séparation physique d'une population d'un pays sur des critères raciaux dans tous les domaines de la société. Ces lois sont racistes et visent à créer des rapports de force en fonction de la couleur de peau. Elles ont existé jusque dans les années 1960 aux États-Unis imposant une séparation stricte entre Noirs et Blancs, mais aussi dans l'Allemagne Nazie entre juifs et non-juifs, ou encore en Afrique du Sud lors de l'Apartheid.

M

Minimalisme

Le minimalisme est un style de vie, né en réponse à la société de consommation. L'idée est de vivre avec moins pour vivre mieux, en se séparant de tous les biens matériels qui ne sont pas utiles, pour préserver le minimum. Ce courant nous invite à repenser notre façon de consommer (notamment la consommation inutile) et à privilégier un mode de vie plus sobre, évitant le superflu.

O

ONG

Une Organisation Non Gouvernementale est une association à but non lucratif, c'est-à-dire qui ne recherche pas l'accumulation de profits, et qui ne dépend pas d'un État. Ces organisations luttent pour l'intérêt général dans divers champs sociétaux (environnement, droits humains...).

ONU

L'Organisation des Nations Unies est une organisation internationale qui regroupe 193 États du monde entier. Fondée à la fin de la Seconde Guerre mondiale, l'ONU a pour premier rôle le maintien de la paix dans le monde. Avec le temps, l'organisation s'est emparée de nouveaux sujets tels la protection des droits humains ou le développement durable à travers des sous-organisations comme l'Organisation des Nations Unies pour l'Alimentation et l'Agriculture, qui travaille pour éradiquer la faim en développant l'agriculture. J'évoque également dans mon livre le PNUD, le Programme des Nations Unis pour le Développement. En effet, l'ONU mène plusieurs missions dans le monde sur des thématiques bien précises : le PNUD tente d'éradiquer la pauvreté, l'exclusion et les inégalités.

Organisation des Nations Unies pour l'Alimentation et l'Agriculture

Voir « ONU ».

P

Part du colibri

Cette expression est issue d'une histoire racontée par Pierre Rhabi, célèbre défenseur de l'environnement, dans laquelle un petit colibri tente d'éteindre un feu de forêt en transportant de l'eau dans son bec. Bien que l'oiseau ne puisse sauver la forêt, il fait « sa part ». Cette expression évoque tous ceux qui, à leur échelle, s'engagent à protéger la planète par leurs actions quotidiennes.

Plaidoyer

Une idée, qu'elle soit écrite ou orale, qui défend une cause ou une personne. Le verbe provient du mot « plaidoirie », qui décrit le moment où les avocats défendent un point de vue lors d'une audience.

PNUD

Voir « ONU».

R

Réchauffement climatique

Le réchauffement climatique est un phénomène global de transformation du climat caractérisé par une augmentation générale des températures moyennes (notamment liée aux activités humaines), et qui modifie durablement les équilibres météorologiques et les écosystèmes. Actuellement, cela fait référence au réchauffement que l'on constate depuis 100 à 150 ans. Il s'agit d'un phénomène naturel. Cependant, il est fortement accéléré par les activités humaines qui rejettent des gaz à effet de serre* et participent ainsi à un réchauffement de la planète, causant la disparition de la biodiversité, jusqu'à menacer notre vie sur Terre. Ce réchauffement climatique cause le changement climatique, c'est-à-dire une modification du climat terrestre se caractérisant par des températures extrêmes et renforçant des aléas climatiques. C'est pour cela que des températures de froid polaire ne vont pas à l'encontre de l'idée du réchauffement climatique, mais en sont un exemple. Pour clarifier les choses, on peut plutôt parler de dérèglement climatique.

Ressourcerie

Une ressourcerie est un lieu qui récupère des objets pour les revaloriser et les revendre. L'idée est que, bien souvent, nous jetons des objets qui pourraient encore servir. Les ressourceries réparent pour donner une seconde vie à des milliers d'objets, à des prix très bas. Ces lieux ont donc une portée écologique mais aussi sociale.

Socialisation

La socialisation est le processus par lequel une personne va apprendre des normes et des valeurs de sa communauté pour forger son identité. Cette socialisation permet à l'individu d'interagir en reprenant les codes acceptés de tous, et ainsi appartenir à un groupe défini. Les marques vont jouer sur cette socialisation pour proposer des produits qui s'apparentent à certains groupes. Par exemple, une marque de luxe va vendre des sacs très reconnaissables pour que ses acheteurs puissent se démarquer, en affichant leur appartenance à des groupes fortunés.

Surconsumérisme

Le surconsumérisme est l'idée que dans une société où la publicité est omniprésente, nous sommes poussés à consommer toujours plus, et bien souvent, des choses dont nous n'avons pas besoin. Cette surconsommation coûte cher à la planète car elle utilise des ressources naturelles, pour des produits souvent de courte durée.

T

Transition écologique

Ce concept renvoie à la redéfinition en profondeur de nos modes de vie et du modèle actuel, pour aboutir à un modèle plus écologique et plus juste, où l'humain se rapproche de la nature et de ce qui l'entoure. Il ne s'agit pas d'un simple petit changement, mais d'une vraie transformation de la société.

Transition énergétique

On différencie la transition écologique de la transition énergétique qui concerne uniquement notre production d'énergie et qui caractérise le passage des énergies fossiles aux énergies renouvelables, tout en poussant à la sobriété énergétique.

V

Végan

Le véganisme est un mode de vie. Il s'accompagne d'un régime alimentaire végétalien* et ne participe à aucune exploitation des espèces, que ce soit par l'achat de vêtements (cuir, fourrure...) ou la pratique de loisirs (cirques, parc à thèmes marins...).

végétalien

Un végétalien est celui qui ne mange aucun produit de provenance animale, c'est-à-dire ni viande ni poisson, mais qui exclut aussi les œufs, les produits laitiers et le miel.

végétarien

Le végétarien est celui qui ne mange aucune chair animale, soit ni viande ni poisson.

vrac

De plus en plus populaires, les achats en vrac permettent de s'approvisionner de produits sans emballage. Que ce soit dans des magasins spécialisés ou dans les supermarchés, les aliments en vrac se trouvent dans de grands contenants, où l'on vient se servir avec des sacs réutilisables. Cela évite de créer des emballages individuels pour chaque consommateur.

MERCI !

POUR LEUR PARTICIPATION

Ihab Bourara, Emma Carnus, Magali Saint-Martin, André Olives, Cristel Cournil, Charlotte Reboul, Sarah Durieux, Angèle Breton, Maxime Ollivier, Julie Pasquet, Louis Decotte, Jay Ralitera, Nawel Boudouni, Thomas Rocheleau, Jean-François Julliard, Marie-France Bernard, Pierrick Libossart, Paul François, Julien Bayou, Levent Acar, Camille Crosnier.

POUR LEUR SOUTIEN

Élisa Le Chapelain, Juliette Letailleur, Clémence Vilar, Lisa Bretagne, mes parents (Olivier Reboul et Nathalie Paradis), ma sœur Anna, Véronique Paquet, Delphine Chutel, Hans et Micky Balmer, Gérard et Marika Paradis, Thibaut Manent, Maeva Chautard, Romanne Lombard, Dorian Rebaudo, Elliot Varreon, Baptiste Napoli, Elora François, Maryline Moncelli, Patricia Lucini, Julien Vidal, Enzo Caputo.

Un remerciement particulier à ma grand-mère Magali pour son travail et son acharnement contre mes fautes d'orthographe.

Et pour finir, un grand merci à Fleurus. Anaïs, Juliette, Bleuenn et Audrey, merci pour votre confiance !